Bak Solmay

もう死んでいる十二人の女たちと

パク・ソルメ

斎藤真理子［訳］

白水社
ExLibris

もう死んでいる十二人の女たちと

This book is published with the support of
the Literature Translation Institute of Korea (LTI Korea).

目　次

そのとき俺が何て言ったか　5
海満《ヘマン》　33
じゃあ、何を歌うんだ　61
私たちは毎日午後に　87
暗い夜に向かってゆらゆらと　109
冬のまなざし　131
愛する犬　159
もう死んでいる十二人の女たちと　185
解説　斎藤真理子　209

装幀
緒方修一

装画
Rodney Moore, RRM Works

撮影
朝岡英輔

そのとき俺が何て言ったか

男は鏡を一度見て服装をチェックした。ジーンズにベルト、黒いタートルネックのシャツと黒いジャンパーだった。男はジャンパーのファスナーを首までしっかり閉めてから部屋を出た。廊下には誰もいない。早い時間だった。男は誰もいない雑居ビルを歩いていった。灰色の床の表面は意外に汚れていない。ビルのドアを開けて外に出た。午前七時、男は冷たい空気をかき分けて仕事場に到着した。ポケットから鍵を取り出してドアを開けた。階段を下りていき、電気をつけた。鍵で二番めのドアを開け、また電気をつけた。男はカウンターへ行って座った。ひんやりした空気がそこを満たしている。男は腕組みをして天井を眺め、一人言を言いはじめた。男は一人言を言わずにいられなかった、なぜなら時間がありすぎるから。一人言を言いながら、男は世の中の大事なことについて考えを反芻した。大事なことをしっかり心に刻みつけていればこそ、ものごとは容易に運ぶのだ。世の中には大事なことがいろいろある。人は生きている限り心をこめて歌わなければならないし、自分が歌っている歌が何なのかわかっていなければならないし、もう一度考えてもそれが何なのかわかっていなくてはならない。マイクを握ったらベストを尽くさなければならない。死んだら歌えないかもしれないのだから、やるべきときにやらなくちゃな。男は、天井がそう言ったからだとでもいうように、当然だという表情で言った。「だから言ったじゃないか？」　男は、客が二つめのドアを開けるまで一人言を言って時間をつぶした。客が入ってくる音が聞こえると腕組みをほどいて正面を見た。客が金を払って部屋に入ると、そのときから悩みが始まる。その人の歌について。しかし決められないこともある。いつもうまくいくわけではないから。その日の客はチュミで、男は今日、チュミの歌を決めなくてはならなかった。

チュミがカラオケ店に着いたのは午後六時五十分ごろ。サンナンと一緒だった。二人は新浦市《シンポ》場のタッカンジョン*の店の行列に一時間以上並んで待った。ついに一時間二十分後に店に入り、二十分で食べ終わり、立ち上がると同時にカラオケ行こ！　と大声を上げて店を飛び出した。店にいた人たちは変に思った。だから変な若い子を見るときの目をした。サンナンは走っていって急に立ち止まり、お月様きれい、と空を指さして叫んだ。口を手でふさいでむやみやたらに空を指さした。チュミが何？　何？　と言って近寄っていった。サンナンはチュミの首にしがみついてお月様きれーい　お月様きれーいと耳もとでささやいた。チュミはくすぐったくて笑ってサンナンのわき腹をくすぐった。サンナンはがんばってこらえた。サンナンはチュミの首を離してやらず、お月様きれーい　お月様きれーい　お月様が見てるよー　お月様が見てるよーと耳にささやきつづけた。チュミはサンナンをくすぐるのに飽きてサンナンの足をそっと踏み、ほとんど同時にサンナンがチュミの腕をほどいて駆け出した。サンナンも一緒に走った。二人は笑いながら仁川《インチョン》の夜の街を走った。前を走っていたチュミは足が痛くなって立ち止まり、サンナンを待った。サンナンはとっくに走るのをやめてのろのろ歩いてくる。「ここ入ろうよ」。チュミは銀行の隣のカラオケ店の看板を指さした。サンナンは答えずにゆっくり歩いてきて、急にカラオケ店の入り口で通せんぼして、来ちゃだめー、だめーと笑いながら言った。チュミはまたサンナンをくすぐろうとして、ドアを押さえているサンナンの指を一本ずつドアからはずすと店に入っていった。一時間五千ウォンだった。チュミは二千ウォン出した。「私お金ない」。サンナンが三千ウォン出した。「私お金ある」

店では、三十代初めに見える男が昔のドラマを見ていた。男は二人を見もせずに五千ウォンを受け取ると、三号室に行けと言った。二人はきょろきょろしながら男を後にして三号室に入った。チュミとサンナンは三号室に入り、男は再び腕組みをして天井を見、全神経を集中させた。あの子たちはいったい何を歌うのか。

「わー、ここの壁紙、雲の模様だ」

「お店の名前が『雲の鳥』だったもん」

「ほんと?」

＊　甘辛いソースをからめた鶏の唐揚げ。

「ほんと！」

サンナンはチュミに合わせて言った。ほんと！　ほんと！　ほんと！　こんなふうにずっと。

「ほんと！　ほんと！　ほんと！」

ソファに座って歌本をぱらぱらめくり、曲選びに熱中した。サンナンはいきなり季節はずれのジングルベルを選んだ。それから言った、「二か月後はクリスマスだよ」。チュミも一緒に歌った、サンナンは一生けんめい歌い、チュミは次の曲を選びながら適当に鼻歌でフンフンと歌った。二人とも何となく幸せになってきた。おいしいものを食べ、早々とクリスマスキャロルを歌うのも楽しかった。やらなきゃいけないことがないから楽しかった。チュミは、何歌おうか　何歌おうか　久しぶりに来たから何歌ったらいいか全然わかんないよー　あー　ジングルベル終わっちゃうよー　どうしよ　どうしよと言い、最近ラップを練習していたことを不意に思い出し、エミネムの曲を二曲も入れた。それからサンナンがまた何か入れ、チュミはタンバリンをたたいた。

男は腕組みをほどいて立ち上がった。三号室に向かって歩いていった。男はまず三号室の前にある小さなソファに座った。背後ではチュミとチュミの友達のサンナンがジングルベルを歌っていた。チュミはちゃんと歌っていなかった。友達のサンナンは一生けんめい歌っていた。今日はチュミの歌を決めてやらなくてはならないが、もしも今日がサンナンの日だったら、男はジングルベルを選んだことだろう。ジングルベルを選んでから、ああ、すぐに決まっちまったな、こんなに簡単でいいのかと思ったことだろう。だが今日はチュミの日で、チュミは歌を一生けんめい歌わず、一生けんめい歌わない人の歌を決めることは難しかった。

サンナンはジングルベルを歌い終わってソファにどさっと座りながら言った。「ああ、のど渇いた！」チュミは英語のラップに全神経を集中させた。サンナンはもう一回のどが渇いたと言った。チュミは頭の中で、これ全部歌い終わったら返事するから！　と思っただろう。そしてラップを続けた。マイクをぎゅっと握りしめ、目を見開いて画面をにらみ、エミネムのラップをやった。そうやってチュミは集中している自分を感じるとちょっと満ち足り、そんなことを考えもしない集中状態が再び訪れて、やがてラップは終わった。「あー、私ものど渇いた」。チュミはソファに横になった。

「ラップ、やったら、のど渇く」

「やって、なくても、のど渇く」

またイントロが始まるとチュミは弾かれたように起き上がって気分をととのえた、そのときだった。サンナンが水を買いに行くと言った。チュミが振り返ったときドアを開けて外に出ていくサンナンの後ろ姿が見えた。ああ、水買いに行くんだなと思ってチュミはまた画面の方に向き直った。チュミは確かにその言葉を聞いた、み・ず・か・っ・て・く・る。そしてはっきり答えた。わ・か・っ・た、い・っ・と・い・で。チュミは歌を途中でやめたり、歌本をめくったり、誰もいないのにタンバリンをやる気なくたたいたりしながら歌っていた。チュミは思い出した。サンナンは水を買いに行くって言ったな、トイレに行くと言ったわけでもないし電話がかかってきたと言ったわけでもないよね。水を買いに行くと言ったから、私は行っといでって言ったんだ。チュミは思い出した。はっきり思い出した。水を買いに行くとサンナンが言い、行っといでと答えて。次の曲はサンナンが選んだ歌だったのでチュミは中止ボタンを押し、目についた知ってる曲の番号を急いで押した。そして歌った。水汲んでくるのかな、どっかの湧き水から、水汲んでくるのかな、軒先の雨水を、三多水*の工場から、水買ってくるのかな。そう思ってから、いや違うよ、ちょっと遠くの店まで行ってくるんだろうと無理やり結論を下して歌本をめくった。一人で三、四曲歌っているとなんだかカラオケボックスの中がなおさら薄暗く感じられ、そのせいかお尻をソファにぎゅっと押しつけて、ぼんやりと画面を見るだけになった。

カラオケの画面はずっと牧歌的だった。白人の男と女がTシャツにショートパンツ姿で線路に沿って歩いていた。太陽がじりじりと二人に照りつけていた。男はリュックを背負い、二人は手をつないでいた。二人は人工的なほど鮮やかな緑の草原を歩いていた。画面はまぶしい緑ときらきらの陽射しでいっぱいだった。寒いな。カラオケボックスの中は画面とは無関係にうすら寒かった。チュミはこのうすら寒い感じががまんできず、ぱっと振り向いてドアの方を見た。誰もいなかった。あたりまえだ。チュミはまた画面を見ながら歌を歌った。そして決定を下した。次の曲を歌い終わるまでにサンナンが帰ってこなかったら電話してみよう。チュミはそう決心し、恐がらないでいようと努力した。手をつないで草原を歩いていた男女はもう消え、画面には灰色の道が広がっていた。灰色のでこぼこした道の上を路面電車が走っていった。チュミは歌い出した。平和を願う歌だった。イマジン・ゼアズ・ノー・ヘヴン、イッツ・イージー・イフ・ユー・トライ。私も平和を願ってる、だから早く帰ってきて、チュミはそんな気持ちでマイクをぎゅっと握りしめて歌った。ユー・メイ・セイ・アイム・ア・ドリーマー、バット・アイム・ナッ・ジ・オンリー・ワン、アイ・ホープ・サムデイ・ユー・ウィル・ジョイン・アス、アンド・ザ・ワールド・ウィル・ビー・アズ・ワン。路面電車は走り去るところで、チュミはソファに背中とお尻をぴったりくっつけ、マイクを胸にくっつけて歌っていた。カラオケ店の室内は相変わらずうすら寒かった。チュミは一番を歌い終わるとゆっくり振り向いた。

ドアの前には男が立っていた。三十分前にカウンターで無愛想に五千ウォンを受け取った男だ。チュミはまた平然と画面の方に向き直った。路面電車はまだ真っ白な通りを走っていた。ノー・ニード・フォー・クリード・オア・ハンガー。チュミが一小節歌ってまた後ろを見ると、男はチュミよりはるかに平然として室内を見ていた。チュミは唾を一度飲み込んで笑った。私は何の悪意もないんですよという気持ちで、微笑といえそうなものを浮かべてみせた。男の表情は少しも

＊ 韓国のミネラルウォーターの銘柄の一つ。

変わらなかった。男は突き出た頬骨と小さくけわしい目、やせた体をして、真っ黒なタートルネックのシャツを着て腕組みをしていたが、チュミは口元がぶるぶる震えるほど笑いを浮かべながらも、あの目つき、まさに犯罪者じゃんと思っていた。そうやってしばらく笑っていても男がどこにも行かないので、チュミは携帯を手に持ち、まるで電話をしに行くような感じでドアを開けた。チュミがドアを開けると同時に男が外からドアを押した。あ！　ドアのすき間に手をはさまれたチュミは悲鳴を上げたが、男はさらに手に力をこめた。少しして男は、このドアを押すのは初めてだとでもいうように急にドアを開けて入ってきて、チュミの肩をつかんでソファに座らせた。「さっきお前がドアに手をはさんだとき、おまえが悲鳴を上げるのはもうさんざん見てうんざりだから、ちょっとそこに座っとけ」。男はそんな表情だった。チュミの手の甲はドアのすき間の幅の分だけ赤く腫れ上がっていた。チュミはぶるぶる震えながらも、男のようすをうかがいつつ携帯をジャケットのポケットにそっとしまった。それが何をどうしてくれるわけでもなかったが、それでも。男は腕組みをしたまま向かいに座った。二、三十分前にはサンナンが座ってジングルベルを歌っていた席だ。チュミはやっとのことで勇気を振り絞り、男をちらっと見た。男はチュミを見ていなかった。画面を見ているのでもなく、遠いところを見ながら考えているのでもなかった。男はカラオケの機械と部屋の右の隅の間のどこかに何かがいるみたいに、そこだけを見つめていた。チュミは、何から言えばいいのかわからないけど何か言わなくちゃ、大声でも出さなきゃ、または今すぐにでも飛び出さなくちゃと一度にいろんな考えが押し寄せて頭が破裂しそうだった。チュミはゆっくり手を伸ばしてみた。バッグには届かなかった。もうちょっと伸ばさなきゃ、手が届いたらバッグを持ってドアを蹴飛ばして出て行こう、出ていくんだと思ったとたん男がチュミの顔を目がけて歌本を投げつけた。

「何で歌わないんだ！」

「え？」

男はテーブルの上にある残りの歌本を持って立ち上がり、チュミの頭を本で殴った。何で歌を歌わない、何で歌わないと抑揚をつけずに言いながらチュミを殴った。その瞬間、男のベルトが見えた。男はジーンズにベルトをしていた。チュミは頭を一発殴られて頭が振れるたびに男のベルトが見えた。手で頭をかばい、気をとり直して本をよけた。

「何で殴るの？　何で、何でこんなことするんです？」

「俺は英語で歌う連中が嫌いだ。それにお前は、一生けんめい歌わないからもっと嫌いだ」

男はまた反対側のソファに戻って座った。そして座るや否や脚でテーブルを蹴ったので、チュミの膝にあざができた。チュミはまた悲鳴を上げ、男はテーブルの上に上がってチュミの手にリモコンを握らせた。

「さっさと歌え。俺は英語の歌を歌う子は嫌いだが、ずっと英語で歌ってもいい。だって俺はずっと嫌っていたいから。何でもいい、歌いつづけろ。一生けんめい歌わなかったら、一生けんめい歌うまで続けてずっと、ずっとずっと殴ってやる」

チュミは歌本を開いた。涙が際限なく出てくるので、歌たちは目の前でかすんだ。チュミはバッグからティッシュを出して鼻をかみ涙を拭いた。チュミは怖くてたまらないのと同時に一方では恥ずかしく、現実的には本当に歌を歌わなきゃならないという悩みが続いた。チュミは歌本を目の前にして何もできずに泣くばかりで、男は予告通り殴りはじめた。男は自分の方にあったマイクを持ってチュミの頭をがんがん殴った。男はテーブルの上に膝をついてチュミの頭をがんがん殴り、そのためチュミは男のベルトが何度も目に入ってきて。そのときチュミは何を思ったか男をガッと突き飛ばし、テーブルを蹴って男の体の上に倒し、そのすきにバッグを持つとドアを開けて飛び出した。カラオケ店の中には誰もいないのか何の音も聞こえず、チュミは目の前に見える出入り口を見、あそこさえ開けば！　と思いながら玄関のドアノブに手を伸ばしたがその瞬間に南京錠が見え、空しくノブを左右に回したとき首の後ろにひんやりするものを感じて振り向くと、男がチュミの首にマイクのコードを巻きつけていた。そして、まだドアノブの上で震えているチュミの手に自分の手を重ね、ゆっくりとノブから引き離した。男はマイクのコードを首に二回巻きつけてから言った。

「歩け」

「え？」

「歩いて、さっきの部屋まで行くんだ」

チュミは首にコードを巻かれたまま三号室に向かって歩いた。男は、馬や牛の飼い主のように意気揚々と「それ！」と叫んだ。チュミは三号室のドアを開け、男はチュミがドアを開けるや否や一緒に入ってきてバーン！　と音を立ててドアを閉めた。チュミがソファに座ると、男はやはりゆっくりとマイクのコードをほどいてやった。「ソファの上で正座しろ」。チュミが座ると男はチュミを見つめながら後ずさりしてマイクをつないだ。そしてつないだマイクにトントンと触れてからまたチュミにそれを握らせた。「足を楽にしろ。そしてすぐに歌え」

チュミはソファに座り、歌本を膝に置いてバサバサ音を立ててすばやくめくった。ほんのちょっとの間、何も怖くなかった。と同時に、ほんとにもうどうにでもなれという気になって、わざとらしく音を立ててページをめくった。チュミは水を買いに出たサンナンが早く帰ってくることを願う気持ちで、もう一度ジングルベルを押した。サンナンはニコニコしてジングルベルを歌っていた、それがものすごく遠いできごとみたいでまた涙が出た。チュミは男をにらみつけながら涙を拭いた。サンナン遅すぎ　早く来て助けてよ　いえそうじゃなくて　外から私たちを見たらすぐ逃げて警察に行ってよ。チュミはカラオケの画面をにらみ涙を拭きながらジングルベルを歌った。ジングルベルを歌い終えたときやっと、チュミはさっき玄関のドアが内側から施錠されていたことを思い出した。画面には、九六点！　才能がありますね！　という文字が浮かび、チュミはしゃくりあげて泣いた。「おい！　立て」。男はチュミの前に来てチュミの脇の下に両手を入れてチュミを立たせた。チュミが立つと、男はチュミのすぐ後ろについた。また手をチュミの脇の下に入れ、耳元に向かって言った。「ドアを開けてレジへ行け」。男はレジへ行けとささやいた。

チュミは鳥肌が立ち、やっとの思いでレジの前まで行ったが、耳がむずむずして今すぐにでもぼりぼりかきむしりたかった。男はチュミの脇の下に入れた手をサッ、サッと動かしてチュミの進行方向を決めた。男はチュミをレジカウンターの中へ連れていくとまたささやいた。「冷蔵庫を開けてミネラルウォーターを一本だけ出せ。一本だけ」。チュミは水を取り出し、男はまた脇の下に入れた手を動かして来た道を戻らせた。チュミと男はまた三号室に戻ってきた。「お前が飲むために水を持ってこいと言ったんだ。俺が飲むためじゃないからお前が飲め」

チュミは涙を拭き、手で耳をかき、脇をかいた。そして大きく息をして水を飲んだ。男がポケットから携帯を取り出した。「これを見ろ」。チュミは顔を寄せて携帯の液晶画面を見た。暗くてよく見えなかった。しばらく穴が開くほど見ても何だかわからなかった。暗いところに誰かが横たわっているようだったが、何だと言われてもそう信じてしまいそうだった。「これ、お前の友達だな?」チュミは画面に向かって顔を突き出した。

「嘘でしょう?」

「一生けんめい歌ったらもう一枚見せてやる」

チュミは画面をよく見るために男の腕をつかんだ。男はそれと同時にテーブルを足で蹴った。チュミは手で腹を押さえたが腕は離さなかった。男はチュミの腕を噛んだ。チュミはそれでも腕を離さなかった。チュミは、汚くて嫌なものはもうたっぷり見たので、男の唾がついてもどうにか耐えられそうだった。チュミは男の手を離さず、男は携帯を離さず、チュミの腕も離さなかった。二人は何分間かこうしてにらみ合いを続け、男がもう一度テーブルを蹴ってようやく二人は互いの腕を離した。

「お前の友達はいちばん広い部屋に閉じ込めておいた」

「広いっていったって」

「お前」

「何ですか?」

「お前な」

「何ですか?」

「お前な。俺は、無口な方だ」

「それがどうしたんですか?」

男は何も言わなかった。チュミも何も言わず歌本を見つめた。

「二度言わせるなよ。お前が一生けんめい歌わなかったら、死ぬ寸前まで殴って死なせない。そしてお前の友達は殺す。だから二度言わせるなというんだ。お前、わかったか?」

チュミは答えずにリモコンのボタンを押した。チュミはマイクを握ったまま床だけを見ており、男は前と同様に部屋の右の隅とカラオケ機械の間のどこかを見ていた。何も始まらなかった。相変わらずのうすら寒さと静寂が三号室を満たしていた。その空気は寂しくも辛くもなく、冷えきった白い壁のようなものだった。チュミが床ばかり見ていると男は何も言わず、だがはっきりと音を立ててスタートボタンを押した。チュミが顔を上げると「おい、言わなきゃわからないか？スタートボタンを押さなきゃ始まらないじゃないか！　何度も言わせるな」という目でスタートボタンを手で示した。チュミは気づかないふりをして再び床を見た。イントロは始まり、チュミは祈る気持ちでゆっくりと合わせて歌った。心に平和を　人間らしい愛を　私の頭に平和を　私の心に平和を　正義の怒りで悪人に呪いを　私の頭に平和を　正義の怒りで悪人に呪いを　私の頭に平和を　苦しむ子には優しい母の目を　行き場のない者には優しい友の家を　ひもじい人には温かい人間の飯を　ひねくれた子には優しい父の懐を　さあ、歌を歌ってみよう　歌ってみよう　さあ、歌を歌ってみよう　歌ってみよう。チュミはそっとマイクを置いた。

「そうだ、歌ってみたらいい」

「冗談やめてください」

「お前な」

「何ですか？」

「もういい」

本当にもういいやと心を決めたのはチュミだった。歌を一生けんめい歌えば、つまり休まず頑張って歌えば殴りもしないし怒りもしないし、ひょっとしたらサンナンも助かるのかもしれなかった。それが可能か可能でないのかわからなかったが、まずはやれるところまでやってみてから考えてもいいと思った。何より、歌っている間は殴りも、触りも、怒りもしないじゃないか。チュミは同じ歌の番号をもう一度押した。「また歌います」。男は答えず、腕組みをしたまま部屋の隅を見ているだけだった。

チュミは同じ曲を五回歌った。心の平和は訪れるでしょうか？　チュミは何が何だかわからず、何をすべきかもわからないそんな状態が続くだけだった。「ほら、これ見ろ」。男は最初に写真を見せたときと同じように携帯の液晶画面をチュミの顔の方に向けた。チュミが何も反応せずにいると、もう少し腕を伸ばして顔の方へ突き出した。それでも反応がないと見ると、何も言わず画面の上で指を動かした。それでチュミはやっと男の指に沿って視線を動かした。腕を背中の後ろで縛られ、ソファーに顔を埋めている女だった。サンナンのようだった。でも、誰かが違うよと言ったら、違うねと言えそうだった。サンナンと似ているが、画面の中は相変わらず暗かった。「嘘でしょ」。男はもう一度指を動かした。男の目は「これが腕で、これが脚だ」と言っていた。チュミはその言葉に答えるようにもう一度、嘘だと言った。指がゆっくりと「次へ」のボタンを押すのが見え、手を背中に回してソファに座っている女が見えた。ソファに顔を埋めていた前の写真よりずっとサンナンらしかった。サンナンなんだな。でもやっぱり写真の中は暗い。「歌はこの子の方がうまいんですよ」。チュミは冗談っぽくそう言った。

「お前はずっと英語の歌ばかり歌ったじゃないか」

「ジングルベルも英語ですよ」

「ジングルベルも英語だって？　それが今お前に言えることか？　おい。俺はほんとにしゃべりたくないんだ。なのにしゃべらなきゃならない。俺はそういうのはうんざりなんだぞ……何でこんなにやたらと俺にものを言わせようとするんだ。それにしゃべればしゃべるほど、だんだん腹が立ってくる。お前はそれを知っておくべきだ。つまり、俺はしゃべりたくないのに誰かが俺にやたらとしゃべらせる、そのうちの一人がお前なんだ。お前は小さいから、殴られたら大きい子よりすぐ死ぬのに、何でそんなに口ごたえばかりするんだ？　お前も、俺が何でこんなに歌を歌わせようとするんだかわからないと思うかもしれないが、俺は、お前が、自分で、つまり自分自身で、自分は小さいという事実に気づくべきだと思う」。男は「次へ」のボタンを押し、もう少し近くから撮ったソファに座っているサンナンの写真を見せてやった。「わかったか？」

　男は携帯を右のポケットに突っ込んだ。そして左のポケットからアーミーナイフを取り出した。刀を出したままで、テーブルの上にがちゃん！　と音を立てて置いた。刃は光沢を放っていた。光沢のあるナイフはうすら寒い三号室にぴったりに思える。男はテーブルの上にひざまずいた。男は右利きだった。右手でナイフを持ってるから右利きだよね？　そしてナイフを持った手を上げてしばらく黙っていた。「右へちょっと動け」。チュミは震えながら右へお尻を動かした。のどが詰まり、口からは助けてくださいという声も出なかった。男は依然として動きもせず、その姿勢だった。しばらくチュミを見ていたが、男はナイフを持ったままで言った。「俺から見て右へ」。

チュミはまた反対方向へ背中とお尻を動かした。チュミは自分を投げ出すように反対方向へ体を動かし、男はさっとナイフを振りおろした、一回、二回、男は三回ソファを刺すとソファに手を入れた。チュミのことは眼中にもないというようにバッとソファに降りて座り、ソファの中をほじくり返した。男は手に触れたものを取り出してテーブルの上に置いた。黒いアディダスのリュックとエナメル素材のポーチ、ライラック色の手袋、オレンジ色の斜めがけのバッグ。男はナイフで、それらにくっついた綿くずを取った、いや取ろうとした。だがうまくいかなかった。男は片手ではずっとポケットの中の携帯をいじりながら、もう一方の手でナイフを利用して綿くずを取ろうとした。それを続けたがうまくいかなかった。チュミは口を震わせながら言った、「あのー」。男はずっと綿くずを取ろうとしていた。大した量ではなかったが綿くずは取れた。男はナイフを置いて、綿くずを丸めた。二本の指だけを動かして、小さな綿くずのかたまりを作った。男は二本の指で綿くずをつまんでチュミを見た。男は携帯をいじっていた手をポケットから出し、チュミの目をふさいだ。綿くずをつまんだ男の指がチュミの歯をこじ開けて入ってきた。反射的に咳が出た。けれども耐えた。男もかまわず綿くずをチュミののどの近くまで入れて指を抜いた。まだチュミの目をふさいだままで、男はテーブルの上にどかっと座った。ごくん、飲み込んだ。男はチュミののどを見守り、のどが動くのを見て手を離した。

「お前はもう、俺が何も言わなくてもさっさと動くんだな。そんな子はお前が初めてだ。もちろんお前にもずいぶん時間がかかった。違うか？　俺は実際、そいつらがどんな子たちだったかよく思い出せない。つまり、詳しくは思い出せないってことだ。いくつか思い出すことはあるな。あるよ。こんなふうに頭の中で考えてみることはできる。何を言ったか、俺に何を言わせたか、そんなことをこんなふうに、頭のこっち側で思い出す」

チュミは右から左へと動く男の指を見ながら水を飲んだ。サンナンは生きているだろうか？私は生きてる、この後も生きていられるかな、チュミは水をちゃんと飲み込むこともできなくて、水が口から垂れた。男は何も言わず指を右から左へ反復的に動かした。「お前のことも後で、頭のこっち側で、こんなふうに思い出すかな？」男は右から左へ動かしていた指を止め、再び綿くずを丸めた。しばらく丸めていた綿くずをまたテーブルの上に置くと、男はまた反対側に行って座った。チュミは袖で口元の水を拭いた。そしてテーブルの上の綿くずを飲み込んだ。錠剤を飲み込むようにごくんと飲み下して水を飲んだ。水は同じように口の間から流れ出て、もう一度袖で拭かなくてはならなかった。男はナイフをたたんでポケットにしまった。

「歌を五時間歌った子がいた。背が高くて力も強かった。俺とずっと戦って、もうどうしようもなくなって歌を歌った。そのときあの子はこんなふうに脚を縛られた。強い人間だっ……たんじゃないか……。最後まで俺をにらんでいたからな。お前は。何も考えていない人間だ　あの子に比べたら」

チュミは言葉なくうなずいた。そうだ、自分でもほんとに、何も考えてない、そういう人間だという気がした。しゃべるのが嫌いだと言っていた男は急に思い出したことがいっぱいあるのか、一つずつ話しはじめた。

「でも、ここにあの子の持ち物はない。それでも思い出すんだね。こんなふうに。頭のこっち側で、こんなふうに考えが通り過ぎる。いつも俺は気になる。何で好きな歌を歌わないのか？歌えと言われたら、本当に好きなのを一生けんめい歌えばいい、そうだろ？　だがみんな何でもいいから適当に歌う。変だろ、変だよ。俺はそう思う。つまり、おかしいじゃないかと、俺はそう思うわけだ」

男は部屋の隅を見つめたまま話していた。相変わらずだ。男の視線は相変わらずで、チュミは怖くて恥ずかしくて手に力が入らず、唇が震える。寒さのせいみたいに。寒くて震えているみたいに。チュミはあまりに疲れてくたくたで、時間は過ぎて夜になり、もしかすると本当に寒かったのかもしれない。チュミはがたがた震えながらまたボタンを押した。イントロが始まり歌詞も画面に出たが、声はちゃんと出なかった。ひび割れた声をやっと絞り出して歌った。必死にやっても声がちゃんと出なかった。チュミは水を飲み、声を振り絞って尋ねた。

「私はこの歌が好きなんです。どうして、適当に歌ってると思うんですか？」

そして泣いた。泣いているチュミは目で、肩で、手で泣いた。そうやって泣いた。泣きつづけた。男はゆっくり立ち上がり、テーブルの上のものたちを自分の方のソファへ移した。空いたテーブルを持ち上げてドアの前に立てた。そして前と同じようにチュミの脇の下に手を入れて立たせた。脇の間に入れた手に力をこめてチュミを持ち上げた。チュミにはしばらくの間、体がふわっと浮かぶのが感じられたが、すぐに汚い床と埃《ほこり》も感じた。男はチュミを抱え上げて床に放り投げた。チュミはまだ泣いていた。投げ出された姿勢のままで泣いた。目で、手で、肩で泣いた。落ちたときの姿勢のままで泣きつづけた。チュミを見おろしていた男は、チュミの泣き方がおさまってくるとまたチュミの脇の下に手を入れてチュミを持ち上げ、床に投げ出した。そしてまたすぐ起こしてソファに座らせた。チュミは泣き出した。

「お前は前よりずっとよく泣くようになった。床に落ちるとなおさら泣くのに没頭できるんじゃないか？　自分をかわいそうだと思うようになれるだろ。お前はもう怖くないだろ？　自分がかわいそうなだけだろ？　そう思うならうなずいてみろ」

チュミは首を横に振った。相変わらず、歯がカチカチいうほど怖いためだった。

「そう思ってないとしても、そんなもんじゃないか？　ちょっとだけでも、さっきより自分がかわいそうに思えてきただろう。そしてそこに没頭しただろう？　違うか？」

チュミは袖で顔を拭いた。チュミは初めて神を思った。巨大なものたちについて考えた。カラオケ店より巨大で、人々より巨大で、仁川より巨大で力の強い存在について考えた。私を救ってください。いつ終わるのか教えてください。チュミは押し寄せてくる悲しみにおいおい泣いた。口にたまった唾を床にぺっと吐き出した。床に落とされたときに唇が裂けたのか、血が流れた。唾には血が混じっていた。男はソファの上のバッグや何かを引っかき回した。制服のワイシャツが出てきた。男はワイシャツを手に巻いてチュミの顔を拭いてやった。汗の匂いと地下室の匂いがした。男はワイシャツをチュミの膝の上に置くと、チュミが最後に選んだ番号をまた押した。伴奏が流れた。伴奏よりもチュミの泣く声の方が大きかった。泣く声に埋もれたまま曲は終わった。男はボタンをまた押した。伴奏が流れ、終わるときになったので終わった。男はまたボタンを押し、チュミはマイクを握った。チュミは歌と関係なく声を張り上げた。目からはまだ涙が出た。涙と鼻水と血と埃で汚れた顔で、チュミはまだ泣いていた。チュミは声を張り上げて歌についていこうとしたが、うまくいかなかった。声を二、三度上げただけでものどが痛かった。

「また思い出した話がある。それはな。それは緊張を全然しない人の話だ。その人はな。その人は……俺がこんなふうにドアの外からにらんでいても、楽しそうに歌いつづけた。俺がドアを開けて入っていったときもずっと楽しんでいた。そして声をかけてきた、何のご用ですか？　一緒に歌いますか？　って、そんなことを言う人だった。マイクもリモコンも渡してくれて、本もくれる人だった。そしてものすごく一生けんめい歌う人だった。楽しそうな顔で、とんでもなく熱心に歌う人だった！　その人はそんな、考えもしない姿を見せてくれたんだ。俺は感動したよ。感動したんだ。お前でもそうなったはずだよ、そうなっただろう。お前は何の考えもないが、あの場にいたらお前もきっとそうなっただろう。俺はそう思うよ。あの人を思い出す。こうやって一日一日生きて、人に会って、お客の相手をして暮らしていても、突然あの人を思い出す。どうして思い出すのか？　感動を与えてくれたからか？　思いもしないようなものを見せてくれたからか？　急に、あのときと全くおんなじ大きさの感情が、一瞬で俺より大きくなって、ドン！と落ちてくる。そんなふうになってしまうんだ。お前には絶対わからないだろうが、俺には毎日毎日聞いている言葉がある。毎日聞くし、実際にみんなが口に出さなくても聞こえてくる言葉がある。だから俺はいつもいつも、同じ言葉を聞いている。それはすごく……」

チュミは水を飲みながら考えた。それは何だろう。それはほんとに、どういうものだろう。いつの間にか涙は止まった。チュミはいくらも残っていないミネラルウォーターをワイシャツにかけ、濡れた面で顔を拭いた。男は急にドアを開けて飛び出していき、すぐにミネラルウォーターのボトルを一本持って帰ってきた。男は三号室の真ん中に立った、そしてボトルを乱暴に開け、ごくごくと飲み下した。チュミは頭をそらして三号室の天井を見つめた。楽だった。男は袖で口を拭いた。そして言った。

「ソファがそう言ったし、お前が言ったたし、お前の友達がそう言ったし、お前の母さん父さんも言ったし、札も小銭もそう言った。じっと息を殺していると聞こえる言葉だ。みんな黙っていて、その後で振り向いて聞くんだ。何で？　ってな。何でだと聞くんだよ。何で？　何でそんなことをする？　何でそんなことを言うんだ？　何でそんな行動をするんだ？　お前もそう言っただろ。違うとは言えないはずだよ。お前は泣きながら全身で俺に聞いてた、何で私をここに置いておくんですか？　何で歌わせるんですか？　何で、で始まる質問を百個も投げてよこしただろ

郵便はがき

おそれいりますが切手をおはりください。

101-0052

東京都千代田区神田小川町3-24

白水社 行

購読申込書

■ご注文の書籍はご指定の書店にお届けします。なお，直送を
ご希望の場合は冊数に関係なく送料300円をご負担願います

書　名	本体価格	部　数

★価格は税抜きです

(ふりがな)

お　名　前　　　　　　　　　　(Tel.

ご　住　所　(〒　　　　　　　)

ご指定書店名（必ずご記入ください）	取次	（この欄は小社で記入いたします）
Tel.		

『エクス・リブリス もう死んでいる十二人の女たちと』について (9066)

■その他小社出版物についてのご意見・ご感想もお書きください。

あなたのコメントを広告やホームページ等で紹介してもよろしいですか？
1. はい (お名前は掲載しません。紹介させていただいた方には粗品を進呈します)　2. いいえ

ご住所	〒　電話 (　)		
ふりがな) お名前	(　歳) 1. 男　2. 女		
職業または 学校名		お求めの 書店名	

この本を何でお知りになりましたか？
1. 新聞広告 (朝日・毎日・読売・日経・他〈　〉)
2. 雑誌広告 (雑誌名　)
3. 書評 (新聞または雑誌名　)　4.《白水社の本棚》を見て
5. 店頭で見て　6. 白水社のホームページを見て　7. その他 (　)

お買い求めの動機は？
1. 著者・翻訳者に関心があるので　2. タイトルに引かれて　3. 帯の文章を読んで
4. 広告を見て　5. 装丁が良かったので　6. その他 (　)

出版案内ご入用の方はご希望のものに印をおつけください。
1. 白水社ブックカタログ　2. 新書カタログ　3. 辞典・語学書カタログ
4. 白水社の本棚 (新刊案内／1・4・7・10月刊)

ご記入いただいた個人情報は、ご希望のあった目録などの送付、また今後の本作りの参考にさせていただく以外の目的で使用することはありません。なお書店を指定して書籍を注文された場合は、お名前・ご住所・お電話番号をご指定書店に連絡させていただきます。

う。それはやめろ！　俺は耳がすごく痛い。質問をいっぱい聞きすぎて、耳が痛くて辛い。勘弁してくれよ頼むから。あのな、いいか、歌えと言われたら本当に好きな歌を一生けんめい歌えばいいんだ。それでいいんです。ほんとにそれでいいんだよ。覚えておけ。絶対覚えておけよ。さっき話した、全然緊張しない人みたいにだよ。俺がそれに答えてたら一日過ぎちまう。答えるだけで一日が終わっちまうんだよ。こうやって座らせると誰でも聞くと言っただろ、何で？　どうして？　何で私をここに座らせておくんですか？　何でいじめるんですか？　何で歌わせるんですか？　どうして閉じ込めるんですか？　そんなとき俺が何て言うかわかるか？　そのとき俺が何て言うかっていうとな、」

男は床に置いたボトルに残っていたミネラルウォーターを全部飲み干すと声を張り上げた。

「俺は一生けんめいやらない人間たちが嫌いだ！　いちばん嫌いだ！　大声ではっきりそう言ってやるんだ。そう言ってやることにしてる。まともな答えだ。そうだろう？　お前もそう思うだろう？」

男は何度も咳払いをし、さっきまでとは別人のように声を変えてつけ加えた。

「つーまーりー、俺の言いたいのは」

つまり。チュミは天井に「つ・ま・り」という三文字が浮かんでいるような気がした。だが、そんなことがあるはずない。つ・ま・り。男はチュミを見つめてまた聞いた。

「さっき、何て聞いた？　何か聞いたよな？　何で、で始まる質問をいっぱいしただろう？」

チュミはうなだれ、心の中で、つ・ま・り、つ・ま・り、と言った。

「つーまーりー、つーまーりー。下向くな。つーまーりーー!」

男はチュミの手にマイクを持たせてやった。男の手はとても大きく、チュミが男の手を大きいと思った刹那、めりっと骨が砕ける音がした。チュミは声を上げ、同時にマイクが落ち、落ちたマイクがカツンと音を立てた。それらの音たちが三号室に響いた。男は大きな手でチュミの手を包み込むと言った。

「ちゃんとやってくれよ。頼むからちゃんとやれ」

「指が痛いです」

男は床に落ちたマイクを拾ってチュミに渡してやった。

「指がしゃべる。質問ばかりする。生意気に」

男は、声の調子を整えて言った。親指と人差し指でチュミの中指をそっと握ったり離したりしながら、チュミの耳元にささやいた。

「ちゃんとやれ。ちゃんとやれ。ちゃんとやれよ」

男はチュミの顔をかすめて反対の耳にも言った。

「そうだ。ちゃんとな、ちゃんとな、本当にちゃんとだぞ」

チュミは震えていた。男はチュミの両方の耳に順にちゃんとだぞと言うと安心したのか、大きく一度息をした。男は大きな手でチュミの肩をトントンたたいた。肌寒い三号室がさらに寒々としてきた。チュミは涙で顔が熱かった。もつれた髪の毛が顔に貼りついた。くすぐったい。全身がむずむずした。チュミはずきずきする中指を見つめた。何もかも夢みたいだ。私はどうなる、私はどうなる、私はどうなるとチュミは問いつづけたが、むずむずがもっとひどくなっていくだろうということ以外には何もわからない。チュミは全身がむずむずし、でもチュミには力がなくてかけないよ。

男は三号室のドアを閉めて出た。カウンターに座り、朝、入ってきたときのように腕組みをして天井を眺めた。そして大事なことについてまた考えた。たった一つのことだ。人は歌を一生けんめい歌うべきだと。イントロは始まり、チュミは声を上げてすすり泣いた。男は内心ひそかに、今日は歌を決められないな　チュミの葬式は歌なしだ　とそう決めた。

海_ヘ満_{マン}

誰かが海満《ヘマン》に行きたいと言った。友達の親戚の若い子だったかな。電話の向こうから、海満のことを教えてほしいという声を聞き、ああ、海満ですか？　と私は言った。初めて聞く声は話しつづけ、私は質問に何とか答えるべきだっただろうけど、一瞬何もかもが遠ざかり、ただ、海満、海満ね……と思うだけだった。

私が海満に行くことになったのは、ある日会社を辞めた後のことだ。会社を辞めて手にしたものは大金だった。ともあれ海満に三、四か月滞在しても問題ないことになった。何の問題もないといえるぐらいの金額だった。南部地方の港から出発した船は五時間かけて海満に着いた。私はあらかじめ予約しておいた宿に向かったが、船から降りて宿まで行く道は、コンビニとカフェがあることを除いて南部地方の漁村と変わらない。背後から海の匂いがした。塩辛い匂いがした。宿の隣の建物は飲み屋で、開いたドアから焼き魚の匂いがした。煙が出ていた。ねっとりした空気と煙、魚を焼く匂いを思い出す。煙のところを通り過ぎて宿の階段を上った。一人の男が階段に座ってタバコを吸っており、私たちは目であいさつし、私はあと一階分を上りきって受付カウンターに向かった。二か月泊まる予定なんですがと言ってお金を払い、名前と住民登録番号を書き、来た日と出る予定の日付を書き、鍵をもらった。三階の二号室で空いてるところをどこでもお使いください。夏服でいっぱいのトランクはそれほど重くなく、私はほとんど寝ていなかったのに疲れていなかった。わくわくというわけでもなかったが、辛くも、疲れてもいなかった。部屋には二段ベッドが二台置いてあり、私は右のベッドの下の段に荷物を置いた。誰かが脱いでいった服と散らかった荷物が見え、私は荷物を出してベッドの隣の棚に入れ、シャワーの準備をした。

部屋は静かで、窓から風が吹き込み、かけてあるタオルを揺らしていた。来てよかったと思ったようでもあるし静かだと思ったようでもある。海満を知ったのは新聞を通してだ。ある尊属殺人の犯人が海満に潜伏し、しばらく後になってやっと見つかったという記事を見たのだった。その男は父親を殺して逃亡し、海満まで流れ着き、あえていえば観光地ではあるがそれほど有名でもなく見どころもない海満に捜査の手が回るまでには時間がかかったのだそうだ。海満か。職場を辞めた後、どこでもいいから行こうと思っていた。何か見物したいわけでもよく休みたいわけでもなかったけど……そうじゃなかった。何でもなかった。ただ、これから先、何も変わるものはないだろうということはわかっていたんだ。それだけだった。海満の宿は首都圏の月極めアパートの家賃より安く、天気はだいたい暖かく、雨がたくさん降るということだった。海満に関する情報はなくはなかったが、ダイビングやサーフィンをしに来る人たちが多いとか、海がきれいだとかいう話がほとんどで、海満に行く直前まですべてが漠然としていた。

シャワーを終えて出てくると、大学生ぐらいに見える人が部屋に入ってきた。私たちはあいさつをし、どこから、いつ、いつまでといったことを尋ね、答えた。何歳ぐらいだろうかと思っていると、その人は笑いながら、まだ学校に通っていると言った。宿の中のラウンジではさっき階段でタバコを吸っていた男が酒をロックで飲んでいた。六時過ぎだっただろうか。まだ日が沈んでいなかった。四月末。少しずつ日が長くなってきていた。さっき受付をしてくれた人は座って本を読んでいた。みんなが自分の席らしいところに座っているので、どこに座るかちょっとためらってしまう。テレビはついていたが、誰もちゃんと見ていなかった。本を読んでいた男はときどき振り向いてテレビをちらちら見ており、酒を飲んでいる男はグラスを見つめていたが、一度振り向いて窓の外を見た。そばに座るのも何だし、何か食べて雑誌でも買ってこようと思って宿を出て歩いた。まだ夏になっていなかったが空気は重く、島じゅうがぐったりしているような感じだった。道を行く人たちはみんなつっかけやサンダルをはいていた。大きなリュックを背負った旅行客が通っていき、自転車に乗った少年たちが通っていった。そうやって宿を出て港と反対方向へ歩いてみると、ドーム形の教会のようなものが現れた。「原キリスト教庭」という聞いたことのない名前だった。まわりの風景とは不釣り合いな濃い茶色の円形の建物と、赤い花の咲いている庭があった。教会のベンチに座って、通っていく人たちを見た。おばあさんが何人か教会に入っていき、その後は誰もいない。すべてがのろく、ぐったりして、澱んでいた。私がそうだった。初めて来たここも、つまり海満も。私も海満もゆっくりと、どこにも行かず、ここにいるだけだった。

通りにある店は海でたくさんとれる魚を焼いて食べさせる飲み屋がほとんどで、食事のできそうなところはそれしかなかった。飲み屋の煙もどこへも流れていかず、道にこもっては消えていくばかりだった。汗はかいていなくても、気分としては暑かった。おばあさんたちが讃美歌を歌う声が背後から聞こえた。歌詞は聞こえず、声が混じり合ってうんうんうんという音のように聞こえた。立ち上がり、買い物袋を持ったおばさんの後について行ってみると、市場が見えてきたが、その小さな市場で売っているものの大半は魚だった。魚が並ぶ狭い道と、遠くから漂ってくる魚を焼く煙。私は何だかどうでもよくなって、市場の中で焼き魚を出している屋台に入って魚を食べた。何の期待もせずに入ったのだが、いざ食べてみるとおいしくて、心の中でおいしいなあ、おいしいじゃんと言いながら残さず全部食べた。頼んだものを全部食べてからやっと屋台の中を見回してみると、魚を持ってきてくれたおばさんはテレビを見ており、その後ろにはすっかり油まみれになった原キリスト教庭のカレンダーがかかっていた。テレビでは天気予報をやっており、今日は曇りがちな天気で、明日も曇りで、週末には雨が降ると言った。二か月ぐらい滞在するんだと思うと、今日の天気も明日の天気もその次の日の天気も気にならなかった。そうなんだな。今日は曇りがちで、明日も曇りで、週末には雨が降るんだ。おばさんは振り向いて私を見て、もう一度見て、なぜかしばらく眺めていたがまたテレビの方へ向き直った。カレンダーの横には指名手配のチラシが貼ってあり、そこに私は見たことのある顔を見つけ、おばさんが私を見たときのような感じでその顔をしばらく見つめた。ちょっとしてから変な気持ちがして振り向くと、おばさんはなぜだかまた私を見ていた。私はせかされるような気分で支払いをして外に出た。市場の外には古いぼろぼろの家々、壁が割れたすき間に苔が生えた家々が見えた。もう何もありそうにないので、引き返して港の方へ歩いた。腕がちょっとべたべたし、どこかで風に当たりたいと思った。コンビニで缶コーヒーと映画週刊誌を買って宿に戻った。

ベッドに寝てみると、何となくもう一回シャワーを浴びた方がよさそうな気がした。口から魚の匂いがした。海満を有名にしたその人は父親への恐怖がものすごかったという。彼の父親は体が小さく、会社で長いこと昇進できず、全体的にコンプレックスが強い人だったのに比べ、息子はまあまあ誠実で平凡だったそうだ。父親は少しでも思い通りにならないと息子を殴り、鼓膜が破れたこともあったと誰かが証言していた。それは母親だったか、近所の人だったか、息子本人だったか。父親は自分のコンプレックスを家族にぶつけて晴らしていたというが、早くから家を出て暮らしていた上の息子たちはあまり殴らず、母親と下の息子たちをひどく殴ったそうだ。インターネットの検索窓に「海満」と打ち込むと出てくるのはその人に関する話とダイビングやサーフィン、またはレンタカーで走る海岸道路の説明だけで、私が読んだのはその人に関することだけだった。ダイビングやサーフィンより少なくともその話の方に興味が湧いた。その人がここにいたんだなあ。ここのどこかに。何をしながらごはんを食べていたんだろうか。焼き魚を食べたかなあと考えて、目を閉じて横になっていた。

「さっき、首都から来たって言ったでしょ?」

うとうとしていたので驚いて頭を上げると、同じ部屋を使っている大学生だった。

「ええ、はい、そうです」

「私も首都で学校に通ってたんです。それと、さっきのあのお酒飲んでた方も、首都で働いてここに来たんですよ」

「あ、そうなんですね。不思議ですね。そうか、みんなそうなのか」。ぎこちなく笑ってさっきのあの人の顔を思い出してみようとしたが、ボタンをとめていない紺色のシャツと赤くなった顔を思い出しただけだった。立ち上がって、缶コーヒーを持って大学生と一緒にラウンジに行った。酒を飲んでいた人はずっと酒を飲んでおり、本を見ていた人はまだ本を見ていた。大学生が言った。

「この方も首都からいらしたんですって」

男は知らなかったというように、あ、そう? と笑い、どこに住んでいるのかと尋ね、私は答えた。

「それで何の仕事してるんですか?」

「会社員だったけど、今は休んでます」

「ああ、いいねえ」

「お仕事は何を?」

「まあ、いろいろね、ホテルでも働いてたし」

「ああ、ホテルならいいですね」

「よくないよ」

男は海満に来て六か月ぐらいだと言った。前にも何度か来たが、今回がいちばん長くいるのだそうだ。もう、ずっとここに住みたいと思ってるんですよ、最近は。

どこがいいんですか? つまり、ここの何がいいですか? 私は本当に知りたくてそう尋ねる。

えーとね、海がいいでしょ。男はグラスに酒を注ぎながら答える。そういえばまだ暗くなっていなかった。昼が長く、日はゆっくりと暮れる。海がいいのか。そうだ、ここは海辺だったな。まだ実感できないけどここは島だった。みんな何も言わない。缶コーヒーを注いで飲んでいると、コーヒーを飲み込む音、テーブルに缶を置く音がした。缶コーヒーを飲む音と、男が飲んでいるグラスの中の氷がグラスにぶつかる音だけがした。

「ところで、あの人のことなんですけど。お父さんを殺した人。会いましたか?」

「え?」

「あの……ニュースによく出てたんだけど。お父さんを殺したっていう人です。お父さんを殺してここに逃げてきたんですってね。ここまでは捜査の手が回らないから、なかなか捕まらなかったって言ってたけど」

「ああ、そうなんだ？　聞いたような気もする」

「もうちょっと話してください。何でお父さんを殺したんですか？」

「それは、私もよくは知らないんです。お父さんが息子を虐待したっていうんだけど……それで息子が、お母さんを殴るのを見て殺したって聞きました」

「ん？」

「つまりお父さんが、息子とお母さんの二人とも虐待してたんですって。ある日奥さんをひどく殴ったんですよ。それを止めようとして、じゃなかったかな、それを見て殺したんだったかな。とにかく、そういうことで」

本を読んでいた人は私たちの会話を聞いてしばらく考えていたが、宿のオーナーが地元の人だから知っているかもしれないと言った。ああ、そうだね。ええ、知ってるかもですよ、地元の人だから。ところでいつここに来たんですか？　一年前です。一年前ですか？　はい、一年前に。私はまたひと口飲み込み、大学生は席から立ち上がり、焼き魚を電子レンジで温める。宿の中にも焼き魚の匂いがうっすらと漂い、また誰も何も言わない。私は目をつぶったり開けたりしながら缶コーヒーばかり飲んでいた。部屋に戻って雑誌でも見ようかと思ってまた目をつぶっては開けた。私が海満に行くと言ったときヨジュは、海満？　海満ねえ。都会に行ったらどう？　そこってちょっとあれじゃん、ハワイにもどこにも絶対行けない人たちがサーフィンしに行くところって感じだけどな。海満に何があるの、百年前にあったっていう火山に関する博物館とか、まあそんなもんでしょ？　と言った。何だろう、あのときも今も、いやいつでもヨジュの言葉は正しかった。だけどそれがすべてを動かすわけではなかった。以前は私も正しいことがすべてを動かすと思っていたけど、そうではなかった。私にしたって海満に来てしまったし。海満には特別なものが何もないというのは当たっているようだし、結局ヨジュの言うことは正しいのだろうが、私は海満に来た。久しぶりにヨジュの言葉を思い浮かべたら一瞬でいろんなことが思い出されて腹が立ち、胸が苦しくなった。海満についてよく知っているわけでもないし、来たこともないのにさ。結局は全部その通りで、うなずくしかなくても、心の奥底ではそうじゃないって言うだろうな。そうだなきっと。だろう。私は急に思い出したヨジュの言葉にだんだん腹が立ってきて、もともとヨジュは何て言ったのか、それはどういう意味だったかちゃんと思い出せなかった。胸が苦しくなるばかりだった。缶をテーブルに置いて本を読む男に聞いた。

「なぜ海満に来たんですか？」

「あったかいからですよ」

迷いのない答えだった。男は、途中一か月は地元に帰っていたけど、と言った。そのときを除けばずっとここにいたんですよ。テーブルのガラスの下には本土に行く船の時刻表が貼ってあり、観光案内地図がテーブルの後ろの方にあった。自然洞窟の奥は夏でも気温が二十度以上に上がりません。酒を飲んでいた男は、誰も氷を作ってなかったのかと言い、しばらくして氷を買いにコンビニに向かった。大学生は焼き魚でごはんを食べ終え、私は本を読んでいる男にどこへ行ってみたかと聞いた。男は本をテーブルの上に置いて振り向き、観光案内地図を指差して、自転車で海満を回ったことがあって、通りすがりに全部見ることは見たと言った。あ、自転車ですか。ええ、まあ秋だったからすごく暑くはなかったんで。席から立って窓の方へ行くと太陽は赤く、低い建物が夕日に浸っていた。私は残った日々のことを考えてみてすごく嬉しくなったが、やがてそれも消えた。そして、夕日が低い建物を浸していくように、寂しさがゆっくりと心を浸していった。

似たような日々が過ぎ、何日か後には海満の北へ行くバスに乗った。港も宿も南側にあるので、海満を一度南北に突っ切ってみたかった。横切るというよりとにかく一度は回ってみたかった。海満ではずっと何もやることがなかったが、だからといってここに慣れたわけでもなかった。バスの中にはおばあさん一人と小学生の陸上部の子供たち五人がいた。バスでちょっと走るだけでも海が見え、やがて村に出たりもするが、すぐにまた海が現れる。何人か自転車に乗っている人もおり、車も何台か通り過ぎたが、道路にはだいたい誰もいなかった。出発してから三十分もかからずに北側に着いた。昨日見た観光案内地図では、岩石博物館がここにあるということだった。バスに乗っていって、博物館前の停留所で降りなさい。停留場で降りて案内の矢印に従って十五分は歩いたところでようやく博物館のようなものが現れた。歩いてみると、膝の高さまで来る草がずっと生えている道に出て、歩いている間じゅう、博物館なんてあるのかなという気がした。

博物館は、正面から眺めると五階ぐらいの灰色のコンクリートの建物だったが、その形が半円形なので、金色の文字で岩石博物館と書かれた看板を見なかったら、ここは何するところなんだろう、どこかの農業研究所みたいだなと思っただろう。博物館の入り口の自動販売機でミネラルウォーターを買い、その前のベンチに座って飲んだ。顔を上げて前を見ると、さっき通ってきた草ぼうぼうの道が見えた。眺めていると足がくすぐったい感じがしてきた。そういえばヨジュは海満に行くなと言ったけど、いや、行くなと言ったわけではなく、「海満はちょっと……何でそんなところに……お茶飲むとこもなさそうな感じなのに」とそう言ったのだが、じっくり考えてみると、海満に来たのは結局ヨジュのせいではないかという気がした。ヨジュはある日決心して私に、その恋人とは別れた方がいいんじゃないか、そんな関係は何だかよくないと思う、どう考えてもそうだよと言った。私は何も言えず、そう？　と吐き出すように答えたが、すぐにそうだねとうなずいた。何というか私もやはり、これ以上はやっていけそうにないともうずいぶん前から思っていたのだ。だけど週末になるとまた会い、会えばやっぱり愛してるんじゃないかなと、いや愛しているなあと思った。そんな、なじんだ親しさみたいなものが感じられると嬉しかったんだ。それから一人で家に帰ってベッドに横になると悲しくなって、何となく、終わりにすべきときが来たみたいだと思った。それが二か月前のことだ。あの人は今何をしてるだろう。いつものように月曜日に休み、土曜日に会社に行ってるのか。意外と、もう悲しくなかった。時間が過ぎたということだけに実感が湧いた。それが変わったということなら、変わったのだろうけど。あの人と別れて会社を辞めて、私は他の大勢の人たちと同じように、再充電再充電なんて言ってみては、すぐにそんな単語を持ち出したことが恥ずかしくなったりしたけど、とにかく転換点とか再充電とかいう、何となくくすぐったい言葉を口にして旅に出た。博物館の中にはベビーカーを押して歩き回っている若い夫婦だけだった。夫婦は岩石に本当に関心があったのか、わ、これ見て、あ、ほんとだ、と言いながら一つ一つゆっくり見学していた。博物館をひと回りした後、また草ぼうぼうの道を抜けてバスを待った。二路線のバスが南側に向かっており、そのうち一台が二十分過ぎてやっと停留所に到着し、私はさっきとは少し違うが同じように海が出てくる風景を眺めた。三十分もかからず、博物館に行ってきただけなのになぜか疲れて、シャワーを浴びてすぐに寝た。翌日は明け方に目が覚めた。明け方の海満は空気がべたべたしてなくて爽やかだった。ベッドに座って、眠っている人たちのことを考えた。みんな寝てるなと。

一週間が過ぎ、酒を飲んでいた男が首都に帰った。二か月くらい働いてお金を貯めたらまた戻ってくると言った。

「首都は本当に嫌ですよね？」

「嫌だよ」

大学生は一人言のように、やだ、やだと言った。酒を飲んでいた男は、また戻ってきたらここで暮らす手立てを考えると言っていた。これまでは、お金を稼いで海満に来て、また首都に稼ぎに行くという生活のくり返しだったという。そんなことできるんですか？　私も首都に戻りたくないんですけどね。大学生はカップラーメンを食べながら、やだ、やだと言った。

「何で首都が嫌なんですか？」

私は酒を飲んでいる男に尋ねた。男は酒を注ぐと私をさっと見てちょっと黙っていたが、まあ、ただ嫌なんですと答えた。そして本を読んでいる人に、君も帰りたくないだろ？　と聞いた。その人は顔も上げずに、ああと言った。

「帰りたくないですか？」

「はい」

「全然？」

「全然」

男はしばらく考え込んでいたが、家で飼ってる犬にはちょっと会いたいと言った。

「犬ですか？」

「あ、見ます？」

男は携帯電話を出して写真を見せてくれた。私は男と頭を突き合わせて、片足を上げている茶色のプードルを見た。かわいいですね。かわいいですよ。大学生はお金が飛んでいくと言い、学校には戻りたくないと言い、急に立ち上がると、帰らない　学校には行かない　と宣言するように言い、タバコを出して吸った。タバコを吸いながら、大学では嫌なことばっかりだったと言った。何かもう少し自分の話をしようとしていたが、酒を飲んでいた男が大学生にも酒を注いでやり、帰るのは僕なのに何で君が怒ってるんだと言った。大学生は、私も、私を、いや私が、私の方がもっと嫌なんですよ、おじさんが帰るって言うから私も帰るべきなのかもしれないけど、ここはお金を稼げるところもろくにないじゃないですか、このままだとほんとにもう帰らなくちゃいけないし、それがほんとに悲しくて嫌なんですよと言って泣き出した。大学生は立ち上がり、声を上げて泣いた。私たちはちょっと笑ってすぐやめた。酒を飲んでいた男はいつも表情が複雑だったが、このときも不安な表情をした後で大声で笑い、また悲しい表情をした。

「首都に行ったらどこで暮らすんですか？」

泣きやんだ大学生が尋ね、酒を飲んでいた男は友達の家に住むと言った。僕も家には帰らないよ、家族とは連絡取ってないし。何のお仕事してるんですか？　男はふーっとため息をつくと、人にものを聞きすぎだぞと言い、私たちはまたちょっと笑った。

次の日の明け方、男は宿を出た。なぜだかその日は何日か前と同じく早く目が覚めたが、五月の空は鮮やかで、雲が高速で動いていくような感じがした。男が帰った後、大学生は十一時過ぎになってやっと起きてきて、ラーメンを食べたりテレビを見たりするとまた寝た。午後になると起きてきて、またテレビを見て、おかしくもないところで急に大声で笑った。かと思うとすぐに落ち込んで泣き出した。大学生は周囲を意識せず、またはすごく意識して大声でわあわあ泣いた。もともと不安定な面があったが、酒を飲んでいた男が首都に帰った後は感情の起伏がさらにひどくなった。ときには非常に危なっかしく見え、家に連絡でもすべきじゃないかと思えた。

宿のオーナーに会うことになったのはそのころだった。普段は本を読む男が宿を管理しており、オーナーはそのうち帰ってくるという話を何度か聞いただけだった。オーナーはグレーのシャツにもう少し濃いグレーの麻のパンツをはき、藁《わら》で編んだバッグを持って入ってきた。私はぎこちなくあいさつしたが、オーナーはにっこり笑ってお楽にと言った。楽にってどういう意味かますますわからないと思ったけど。疲れていたら休むだろうが、疲れていないので休むこともない。きょとんとして立っていると、化粧っ気のないショートカットのオーナーはまたにっこり笑いながら、祈禱会に行ってきたと言った。何の祈禱会ですか？　と聞くと、近所の教会で開かれる祈禱会だと言った。部屋に戻る途中で受付の横にかけてある原キリスト教庭のカレンダーを見ると、昨日まで祈禱会と記されていった。本当に近所の教会の祈禱会なんだと思いながら部屋に戻った。

原キリスト教庭は思ったより大きな教会だった。島に到着した初日、ベンチに座って賛美歌を聞いたときにはよくわかってなかったな。あるとき礼拝のない時間に入ってみたが、地下一階を含め五階建ての建物で、礼拝堂はかなり大きく、三百人以上入れそうだった。礼拝堂は信者たちが座る席に比べて壇上がかなり広いが、それがすごく威圧的な感じを与えることはなかった。礼拝堂の正面の壁にはとても大きな金色の円がついており、その形だけ見るとここが円仏教*の経堂なのか教会なのかわからなくなる。原キリスト教庭は全体的に教会や聖堂っぽいが、祈禱院とか

＊　朴重彬《パクチュンビン》が一九一六年に創始した韓国の仏教系新興宗教。

養老院みたいでもあり、他のどこかみたいでもあった。宿のオーナーが行ってきたという祈禱会はたぶん、地下で開かれたんじゃないかと思われた。階段を降りていくとすぐに祈禱室1、祈禱室2という表示板が見えた。祈禱室の前に立つと誰かの声が聞こえ、違うかもしれないが私はなぜかそれが宿のオーナーだと思った。緊張した気持ちでまた一階まで上り、教庭を出た。考えてみれば宿のオーナーだからといって緊張する理由はなかった。お祈りをしたかったんですとか、ただ興味があって来てみたんですとか、散歩がてら寄ったんですとか、どう言ったっていいのに、何だか緊張して急いで出た。

海満にいる間、ときどき家に連絡してそれなりに過ごしていた。人のことを考えたりもした。あれは何だったんだろう、どんな気持ちだったのかなと考えた。それから、時間のこととか、私自身のことについて考えてみようとしたけどやっぱりうまくいかなかった。この先どんなことが展開していくのだろうか？　そして私はどんな位置にいることになるのか考えてみようとしても、先のことについては思ったよりちゃんと考えられなくて、途中でやめた。それよりは過ぎたことについて、人々について、あのときのあれはどういうことだったのか、どういうことになっちゃったのかを考えた。けれどもそれもまた頑張って考えたり努力したわけでもなく、ふと思い浮かんだことだ。そんなふうになるときがあった。そういうときにはしばらく考えて悲しんだり喜んだり。だけどそこから進みはしない。それらについて考えたこともだんだんぼやけていって、触ることもできないほど遠くにある感じがした。私は海満にいて、みんなは遠くに、もともと遠かったとしたらもっと遠くにいる。そうやっていてときどき揺れて、その間には海満があり、私はまた目を閉じる。それほど長くない時間が過ぎたが私はみんなからゆっくり遠ざかり、今では触ることもできないように見えたので、つまりは長い時間が過ぎたのと同じだった。海満に行こうと決めた後、ヨジュには連絡しなかった。それは海満のせいなのか、または私たちの関係がそこまでだったのか、いやそれよりは私が、ヨジュが、つまり私たちがこれで終わりだと思ったのかもしれない。海満にいて、別れた恋人よりもヨジュのことの方をいっぱい考えたが、それは、ヨジュに連絡しなくなったのが恋人との決別みたいだったからだという気もした。けれどもそれらのすべてが結局はゆっくり遠ざかっていった。私はここにおり、他のみんなはむこうにいた。結局私は、ここにいるために、すべてをむこうに追いやるために海満に来たのではないかという気がした。すべてを遠くに見るために、すべてのものが澱んでおり、果てしなく下へと沈んでいくここへ来たのではないか。それに気づくのに一か月の時間がかかったが、だからといって変わるものはなかった。ただ、私がふたをして過ごしてきた世界の方へ歩み寄っていくばかりだった。それが変わることだというのなら、変わったのかもしれないけれども。

宿にはまた大学生がやってきた。新しく来た人は前からいた学生より十歳年上だったが、卒業していないのでとにかく大学生だと言った。二人の大学生は毎日遅く起きてきてカップラーメンを食べ、テレビを見たりインターネットを見たりし、また寝てまた起き、インターネットを見ることをくり返した。だけど起きている私だって違いはなかった。ただ起きているだけ、ちょっと歩いたり本を見るだけで、何かやってるわけではなかった。新しく来た大学生は六か月間デパ地下の特設コーナーで働いたと言っていた。首都は家賃があんまり高いからここに来たんですよ。お金がなくなるまでいるつもりなんです。首都は本当に家賃が高いしね、そうでしょ？　ですよねほんとに、と大学生二人は同意し合う。あのおじさんはいつ戻ってくるのかなあ。若い大学生はぼんやりと目の前を見ながらそう言う。そして泣く。何やってお金を稼いでるんだろう、会いたいなあ。涙を拭いて水を飲む。君はあの人のこと、出稼ぎに行ったお父さんみたいに恋しがってるんだねえ？　え？　何で父親が恋しいんです？　父親は全然恋しくないし、口にするのも嫌なんですけど。考えるだけでも嫌です。若い大学生は真顔でそう言った。私は前と同じように笑ってしまった。そして酒を飲んでいた人の顔を思い出してみようとしたが、相変わらず赤い顔と複雑な表情、ボタンをとめていないシャツだけが鮮明だった。

六月が近づいてくると海満では、麦わら帽子に花柄のワンピースを着た人たちが目につきはじめた。多くはなかったが、以前よりはよく目についた。その中の何人かは私が泊まっている宿に荷をおろしたので、静かだった宿がときどきうるさくなった。そのときから大学生たちは部屋から出てこなくなった。そうとは言わなかったが、何日か泊まっていくだけの人たち、ざわついた雰囲気、海満のことをあだこうだ言う会話、自分たちは行ったことのないビーチと博物館と洞窟に関する会話を大学生たちは嫌がっていた。

そのころ私が教会に行き出したことを思えば私もまた、そうとは言わなかったが、浮き浮きした雰囲気が気に入らなかったようだ。理由はどうであれ、教会に行っていた。つまり宿のオーナーが通っている原キリスト教庭に行き出した。何かを信じてみたいと思ったわけではなかったが、礼拝に参加してみると思ったより面白かった。誰かに声をかけられるとちょっと緊張するものの、意外にみんな私に関心がなく、私はぼんやり憶えているだけの旧約聖書を昔話を聞くみたいに聞いていた。神学的にどう解釈されるのかはわからなかったし、知りたくもなかった。原キリスト教庭という聞いても聞いてもなじめない名前の教会だったから、今日の礼拝が特別なのかまああ無難なものなのかもわからなかった。

「太初に神さまが天地を創造され……言葉が難しいですか？　これが意外に、英語にすると簡単なんです。イン・ザ・ビギニング、ゴッド・クリエイテッド何とか何とかって調子でね」

ある日の礼拝は、私より若く見える短髪の男性がおばあさんたちの前で英語を混ぜてしゃべりながら取り行った。前に一、二度教会に行ったことはあったが、それだけだった。だから教会や礼拝や、私より若そうに見える牧師と推定される人とか、賛美歌やお祈りなどなど、原キリスト教庭で起きるすべてのことが平凡なのか特別なのかはっきりいえるわけではない。そんなふうにして散歩みたいに教会に行って、あるときは本当に散歩だけして帰ってくることもあり、気が向いたら礼拝に参加した。礼拝を見ようと見まいと教会の食堂でごはんを食べ、宿に戻るとまた誰もいない静かな午後だった。

宿のオーナーは月が変わるとまた祈禱会に参加すると言っていなくなった。若い方の大学生は、どこで調べたものか、ある日押しかけてきた両親に手を引っ張られて故郷に戻っていった。大学生が口にするのも嫌だし考えるのも嫌だと言っていた父親は何も言わずにかばんを持って出ていってしまい、母親だけが怒鳴っていた。学校も休学させるし、当分の間は家から出ようと思うなと言った。大学生はスーパーでおもちゃを買ってくれとだだをこねる子供のように母親の手をつかみ、帰らないと言い、のどが張り裂けんばかりに泣いた。大学生は床にうずくまって立ち上がらず、母親はその腕を強くつかんで無理やり立たせた。母親は大学生の背中をたたきながら外へ引きずりだした。年上の大学生は何日も部屋から出てこず、本を読む人は困り果てた表情で、私は座ることも立つこともできずやきもきして水を飲んだ。大学生の母親が階段を降りていく音、大学生が背中をどやしつけられている音、むせび泣く声がだんだん遠ざかっていってやっと座ることができた。私と本を読む人は顔を見合わせてため息をついた。

「私、あの子はまず病院に行くべきじゃないかと思ってたんですけど」

「心配ですか?」

「あんな様子だと、けっこう心配なんじゃないですか?」

「僕、よくわかんないですけどね。家ではどうだか知らないから」

私は見ていただけなのに疲れてしまい、床に寝そべった。エアコンはついていたが、手に触れる空気は相変わらずべたべたしていた。

「みんなが帰っていくのを見てると、どうですか?」

私は天井を見上げたままで尋ねた。何も答えはない。本を読む男はまだ本を読んでおり、私の質問はいつの間にか消えてしまった。また水でも飲もうと思った。ゆっくり起き上がり、冷蔵庫に行ってびんを取り出し、水を注いでごくごく飲んだ。男は私を見ながら尋ねた。

「帰っていく人たちを見てるのって、どんな気持ちですか?」

男は笑っていた。

「ちょっと寂しいみたいでもあるけど。でも、すぐ忘れちゃいそうでもあります」

男はうなずき、私はまた水を飲んだ。コップに水を入れてテーブルに持っていった。

「毎日、用事がいろいろ発生するから、すぐ忘れちゃうでしょうね　ほんとに」

「用事はそんなに多くはないんです。でもすぐ忘れちゃいますね。みんな似てるから。そのうちにまた思い出すこともあるけど……」

私はまた床に寝そべり、本を読む人はテーブルに突っ伏す。その下から何か音がするが、その音は沈んでいるのでよく聞こえない。

「何て言ったんですか?」

「思い出しはするんですよ。みんなのこと思い出すときもあるんです。でも、それが確かにその人のことなのか、よくわからないんです。似てる人たちのことは混ざっちゃうから、その人のことなのかどうかよくわからなくてね」

男の答えについて考えていると、遠くから重たい足音が聞こえた。寝たまま頭を上げてみると、年上の大学生が何日かぶりに部屋から出てきた。汗の匂いがした。顔は脂でてかっていて、髪も洗っていないままだった。私は手を上げてあいさつし、年上の大学生は、あの子は帰ったのかと聞いた。うん、引きずって連れて行かれましたよ。年上の大学生は冷蔵庫からビールを出してテレビをつけ、私はしばらくそのまま横になっていた。五時ごろだったか、もう午後も遅いのに、宿で唯一の大学生となった彼は放送時間の終了までテレビを見ていた。その日私はコンビニで牛乳とパンを買って食べ、本を読む男はたぶん何か作って食べたのだろう。

友達の親戚の若い子だったかな、海満に行きたいと言ってた人は？ その人はずっと自分の話ばかりしていた。思ったんですけど、海満はだらだら過ごすにはよさそうですよね。実はすごく疲れてるんです。ここじゃないところに行きたいと思って、海満はそういう人たちにいいんじゃないかと思うんです。何ていうか、ゆっくり呼吸する中で大切な何かを見つけられそうな気がするんですけど、どう思いますか？ 私は、そうかな？ と考えてみて、他のことはどうでも魚は安いと言った。その人は何も言わず、私はやりかけていたことがあると言い、もっと知りたいことがあれば宿の電話番号を教えてあげると言って電話を切った。

じっと立っていた。電話を握りしめたまま、じっと立っていた。自分から言ったことだけど、宿はあの場所にあるのだろうかという疑問に直面すると心許ない気分になった。宿はあの場所にあるのだろうか。たぶんあの場所にあるだろう。海満には相変わらず、南部の港から船に乗れば行けるのだろうし、宿もまたそこにあるのだろうし、原キリスト教庭と岩石博物館もそこにあるだろうし、ねっとりした重い空気が常にあそこを満たしているだろう。ところで本を読む人はどこへ行っただろうか。あの人はまだあの場所に座って本を読んでいるだろうか。宿に電話して、本を読んでいたあの人は今どこで何をしてますか　まだそこにいますか、と聞いたらわかるだろうか。あの人はまだここにいますよという言葉を聞けるだろうか。どうしてあの人があの場所にいる気がしないのだろう。すべてがあそこにあるとしても、あの人は絶対、他のどこかに徐々に場所を移したような気がする。あの人は海満を離れたくないと言っていたが、あそこにそのままいそうな気がしない。あそこを去った人たちは当然のように、すべてがあそこにあると思うのだろうが、本当にそうだろうか。海満も宿もそしてあの場所で本を読んでいたあの人も、みんなそこにいるだろうか。本当にそうだろうか。私もこうして帰ってきてしまったのに、すべてがあそこにそのままあるだろうか。

大学生が帰った次の日の夜、暗いラウンジに座って問いかけた。私と本を読む男は、電気もついてない暗いままの部屋に黙って座っていた。エアコンを切って開け放した窓からは風が派手に吹き込んでいた。爽やかでもなく、風が強く強く吹いているというだけのことだった。私と男はビールを飲みながら大学生の話をし、季節に関する話をし、今まで行ったことのある場所について話した。男は首都について尋ね、私は男の故郷について尋ねた。男は西の方の都市が故郷だと言い、私はそれについて聞いた。

「人の行かない場所で、つまりよく知られてないところ、そういうところの中でよく行ってた場所がありますか?」

「うーん、家の近所がそうじゃないかな?」

「ああ、なるほど、そういうところ」

男はしばらく考えて、よく行っていた映画館のそばの川辺について話した。古い映画館を出てきて人のいない方へ歩いていくと、水の流れているところがあったという。

「水を見るのが好きでね。時間がすぐに過ぎるでしょう」

私はもっと話してほしいと言い、男は川辺と川辺の端にある公園と、公園に飛んでくる鳩と、鳩を追い払う老人たちと、そこをずーっと通っていくと左手に広がる、もう何年も取り壊し予定になっていて何年もそのままの高層団地について話した。それらのすべては全然具体的でも生きしてもいなかった。だが、いつかそこに行くことになったらわかるだろうと思った。映画館を出ると川が見えるのか、流れる水を見ていると本当に時間がすぐに過ぎるのか、老人たちは毎日鳩を追っていて、何年もかけて朽ちつつあるコンクリートのかたまりはどんなふうに人々を埋没させているのか。実際に行ってみればすべてが具体的な絵になるだろうと思いながら、つかみどころのない話を聞いた。

「まあ、全部そのままかどうかはわからないけど」

「わからないけど?」

「実際、わからないですもんね」

　そして私と男はしばらく何も言わずに座っていた。飲み終えたビールの缶をつぶして投げた。強風がまともに吹き込んできて、風が吹き込むほどに、私が持っていたものたちは自ずと抜け出ていってしまい、私はゆっくりと消えていき、軽くなった。


　夏が終わり、私は首都に帰ってきた。時が過ぎた後になってやっと、本を読む男が言っていた絶対に帰りたくないという言葉が理解できるようになったが、理解するとそれは当然のことに思えて、どうして以前は理解できなかったのか、かえって変に思えた。帰りたい人はたぶん誰もいないだろうにね? いつだってそうだよね? 相変わらず私は軽く、風が通過し、揺れており、空っぽで、問いかけは空っぽの空間から抜け出して戻ってこない。帰りたい人も、帰りたくなるときもない。いつもそうだったが、またどこかへ帰っていきつつあった。それがどうということもなかった。消えてゆくものをずっと見守るだけだった。

　海満で私たちはドアを開けてあいさつをし、そしてあまり話さず、ぶらぶらしては去っていき、また戻ってきて、そして考える。そのようにして海満で私が見たのは、すべてのものがゆっくりと遠ざかって消えることだった。消えたら何が残るのですか? 消えたところに向かって尋ねる。結局、空っぽになってしまった自分が強烈に残るだけだ。ああ、ほんとにそうだよね? そうした問いかけたちも抜け出ていき、空っぽになったところに向かって答えた。ああ、そうだよね、と。

じゃあ、何を歌うんだ

ヘナに会ったのはサンフランシスコだった。正確にいえばバークレーで、カリフォルニア大学バークレー校の近くで月に一度開かれる集まりに行ったことがあり、ヘナにはその集まりで会った。その集まりは韓国に関心のある人たちが集まって韓国語を学ぶ会で、韓国語が堪能ではない韓国系アメリカ人が多かった。韓国語と英語を混ぜて話す集まりなので、留学して間もない学生たちも何人かいた。そのとき私は旅行中だったが、カフェで韓国語の本を読んでいる私に誰かが、こんな集まりがあるけど来ないかと勧めてくれて行くことになった。その人が誰だったのかはもうよく憶えていない。読んでいた本は憶えているが、友達に借りた、よく売れているフランスの作家の小説だった。その横にはカップの底が見えているカプチーノがあった。

バークレー校近くにある、テーブルの広いカフェの木曜日の午後八時だった。その日は夜の空気が軽く、乾燥していたことを思い出す。会はだいたい決められた順序通りに進行しているようだった。その日の担当になった人が自分の発表したいことを発表し、そこに出てくる単語を、英語は韓国語に、韓国語は英語に置き換えて説明してくれるというやり方だった。その日はヘナの番だった。ヘナのお母さんは韓国人だがお父さんはアメリカ人だった。お母さんは十年前に亡くなり、その後お父さんはシアトル出身のアメリカ人女性と再婚した。それであなたは今ご両親と住んでるの？　ううん、パパとパパの奥さんはＬＡに住んでる。私はバークレーで一人暮らしで。初めて会った私にあれこれ話しはじめた。おばあさんやおじいさんがいつアメリカに来て、そしてお母さんは……、といった話が続いた。私には説明することが何もなかった。そうなんだ？という表情でヘナの話を聞いているだけだった。話し終えたヘナは振り返って、先週はこれこれこんなことを発表したの、それでこんなことがあったんだと笑いながら言った。私に教えてくれようとしてそう言った。みんなが、ああそうそう、あれはおかしかったねと答えた。

　ヘナはバッグからホッチキスでとめたプリントを取り出してみんなに配った。May, 18[*1]に関する資料だという。ああ、五《オ》・一八《イルパル》はMay, eighteenthか、と当然のことを不思議に思いながら、そう？　そこ、私の故郷だよと言った。ヘナは、ほんとお？　と感嘆して私を見た。なぜ驚くのか、感嘆するのか、どうして目を大きく見開いているのか考えながら、笑いながら、そう、私はそこで生まれたの、とつけ加えた。そういえば私がサンフランシスコを旅していたのは五月だった。場所はバークレー校近くのカフェで、予想もしない場所だった。私が生まれたところで三十年あまり前に起こったことについて聞く場所としてはだ。私は、韓国人は本当に扇風機をつけっぱなしで寝ると死ぬと思ってるの？　もしかして酸素不足で死ぬと思ってるの？　みたいな話をするのかと思っていたのだが。そういう軽い話をするのかと思っていたのだが。とにかく、そこで聞く五月の話はまるでアイルランドの血の日曜日とか、チリのピノチェトがしでかしたこととか、抑圧されていたそこの人々の物語を聞くみたいで、明白で、どっちかっていうと疑問の余地がないことみたいに聞こえた。まるで英語が事件に客観性を与えでもしたみたいにだ。ヘナが持ってきたプリントは五・一八記念財団[*2]が作った英語の資料と、『ニューヨークタイムズ』に載った記事を編集したものだった。

資料を受け取った人たちは、さあ、読む番だという表情だった。みんな慣れた様子で一段落ずつ読み上げていった。字がぎっしり詰まったA4用紙が三、四枚だったが、意外とすぐに全部読めた。注文した飲み物ができたという声が聞こえ、何人かが立ち上がって飲み物を持ってきた。そのとき私の向かいにいた髪の長い女の子は大きいサイズのミルクセーキを頼んでおり、私はカプチーノを頼んだ。低いカプチーノのカップの向かいに、背の高いガラスのコップに入ったミルクセーキがあった。みんなひと口ずつ飲んでヘナを見た。みんなが自分の席につくのを見てヘナは説明した、つまり、当時の韓国は——と始まる話。そういったことを話した。その話は間違っていなかったが、韓国語で聞くのと英語で聞くのの間にはいくつかのカーテンがあった。だがそのカーテンは私にだけあって、ヘナにはないものだった。私はコーヒーをひと口飲み、また資料

＊1　一九八〇年に光州事件（正式名称は五・一八光州民主化運動）が起きた日。
＊2　光州民主化運動の精神を称揚し、関連活動を推進する財団。

を見た。白い紙にぎっしり詰まった文字と何枚かの写真、顔がつぶれた男、トラックの上で鉢巻きをしたり首にタオルを巻いたりした若い男たち、ひざまずいた人を見下ろしている兵隊とか、そういう写真だった。またコーヒーをひと口飲んだ。そのとき誰かが光州はどこにある都市だと聞き、ヘナは韓国の地図を描いた。ざっと形を描いたといった方が近いだろう。ヘナはざっと描いた韓国の地図上で光州を指した。ヘナは光州がどこにあるか正確に指すことができた。ここ、ソウルの南側、釜山の西側。ああ、と何人かがうなずいた。サンフランシスコに語学留学に来ている大学生が massacre の意味を聞いた。これどういう意味？　いっぱい出てくるけどわからない。誰かが簡単に説明した。残忍な方法でたくさんの人を殺すこと。韓国語だと何かな？　massacre、虐殺する。大学生は脚注をつけるように massacre に線を引き、その下に書き込んだ。虐殺する。

ヘナとはEメールアドレスを交換した。そしてその場は終わりとなった。何かもうちょっと違う話が出たようでもあったが、思い出せることはない。たぶん、次の順番は誰だっけ？　あ、私その日用事がある。ああそう、じゃあ私が先にやるね、どこで会う？　あなたが決めてメールして。わかった。と、そんな話をしていたのだろう。別れるときヘナは私にプリントを何枚かくれた。詩だった。これを読みたかったんだけど読めなかったんだ。私はプリントを受け取って宿に戻った。宿はチャイナタウンを抜けたところだった。そのとき夜の色は青く、街は青色の下に細々と広がっていた。信号が変わってゆっくり歩いているとき、ある中年の白人男性と目が合った。中年の白人男性は私に中国人か、台湾人か、日本人かと尋ね、一緒に飲みに行こうと言った。私は自分が何国人か、その国名が出たら反応しようと思ってうなずく準備をしていたがうなずけなかった。この人についていって酒を飲んで、なるようになっちゃったらと誰かが私の中でささやいた。そんな気持ちで待っていても、うなずく番は回ってこなかった。私は答えるタイミングを逃した。起きたことは何もない。何も答えずに信号を渡った。立ち止まっているその男性とすれ違って宿に戻った。ベッドに寝て紙を広げた。その詩は金南柱《キムナムジュ》*の「虐殺2」だった。韓国語と英語でタイピングされたその詩は外国の人の詩のようだった。六〇年代後半のメキシコとか、チリの大学に軍人が踏み込んできたとき、それを息を殺して見守っていた誰かが書いたものみたいだった。街で人々が消えるのを見た誰か、その誰かが書いたようだった。ゲルニカに関する文章のようだった。一九四七年の台北に関する文章のようだった。夜の路地で誰かが殴られる詩だった。誰かが殴ったという詩。誰かが殴り、誰かが殴られ、殺す人がいて死ぬ人がいる。そして泣く人々がとても大勢いる。そんな詩だった。

次のプリントには誰かが強い筆圧で書いたような字が見えた。それはある文章で、つまり宣言文だった。民主主義守護、といった言葉が見えた。コピーされた宣言文の上にヘナがつけ加えた

＊ 詩人。一九七九年に起きた「南朝鮮民族解放戦線事件」によって長く投獄されていた。一九九四年没。

説明があった。檀紀××××年は19××年に変えてあった。*

ヘナにまた会ったのは三年後で、その間に私は日本の京都に旅行をした。このことに言及するのは二つの理由があるのだが、まず、その間に行った旅行がそれだけだったからで、またもう一つは、そこでも光州について話す人に会ったからだ。その人に会ったのは京都の四条河原町の近くにあったバーだ。バークレー校近くのカフェと京都の四条駅近くのバー、二つのうちどっちが意外だろうか。三十年あまり前に私が生まれた都市で起こったことについてだしぬけに聞くのに、ということだ。やはりバーで会ったこの人の名前も憶えていないが、体の大きな六十代初めぐらいに見える男性だった。眼鏡をかけて濃いブルーのシャツを着ていた。ある表情みたいなものは憶えている。目のまわりのしわなんかとともに。ひょっとしたらその人は私に名乗ってくれなかったかもしれない。でなければ、教えてくれたが私がその名前を呼ばなかったので思い出せないとか。その人はバーのマスターであり、バーには私だけで、しばらく私だけだった。私は生ビールを飲み、その人は大きな鍋でニホンシュを熱して飲んでいた。私は煮え立った鍋を見て、赤くなっていくその人の顔を見て、また煮え立った鍋を眺めることを反復した。そうやってみると、熱した酒は本当にアルコール溶液そのものと感じられた。ビールはこんなに冷たいのに、熱した酒はすごく熱く、それを飲む人の顔も何となく熱く見えて。

「あなたはどこから来たの?」

「韓国」

「韓国のどこ?」

「どこだか、言ってもわからないと思いますけど?」

「どこなの?」

「光州《クァンジュ》。ソウルの南。釜山の西」

「ああ」

その人は水をひと口飲むと、ニホンシュの隣で煮えていた大根をすくった。煮汁の中で卵と一緒に煮えていた大根。大根は醤油と一緒に長時間煮たので濃い茶色だった。本当に濃い茶色だったので、さっき言った「醤油と一緒に長時間煮たので」を「醤油と一緒に長時間煮なくてはならなかったので」とか、「醤油と一緒に長時間煮てしまったので」と言わなくてはいけなそうだった。その、濃い茶色について説明するならばだ。その人は取り出した大根を小さな皿に入れて私にくれた。自分の前にも一つ置いた。

「そこがどこだか知ってる」

「ほんとに?」

「私の友達が、『コーシュー・シティ』っていう歌も作ってた。こう書くんだよね?」

＊ 檀紀は檀君紀元の略で韓国固有の年号。

バーのテーブルに置いてあったティッシュ一枚にボールペンで『光州 City』と書いた。私はうなずいた。どんな歌かと聞くと、そのとき兵士たちがこの都市に来て人々をたくさん殺したそのことに関する話だと言った。あ、と私は短く反応し、またビールを飲んだ。光州で人がいっぱい死んだでしょ？　済州島でも人がいっぱい死んだでしょ？[*1]　と何でもないことのように言った。酒を飲み下しながら言った。酒をひと口飲み下しながら、人が大勢死んだ話をした。その人は厨房から出てきて後ろのテーブルの下に積んであった本を引っくり返し、どこか隅っこに立ててあった写真集を一冊持ってきた。京都の街で、露天のカフェだった。誰かが椅子に座って新聞を広げて読んでいた。サングラスをかけた若い男性だった。新聞には、血を流している男が兵隊に連行されていく場面が大きく載っていた。連行されていく男性はスーツを着ており、会社員のように見えた。私が写真集のそのページをずっと見ていたそのとき、誰かがバーのドアを開けて入ってきた。

その翌年の春にヘナと再会した。初めてサンフランシスコで会った後、ヘナはときどきメールを送ってきた。あるときは英語だったが、だいたい韓国語で書いたメールだった。こんにちわ、元気？　そんな言葉たちもときどきぎこちなく感じられた。ヘナの韓国語がすごく不自然なわけではなかったが、ときどき、さーっと読んでいくと韓国語のかたまりがかたまりごとにつぶれて画面に点々とこびりついているように見えた。それはそれで妙な雰囲気があった。メールの送信者を変わった子供のように見せた。もちろんこれはちょっと寛容じゃない見方だ。

ヘナはソウルにある大学の語学研修センターで韓国語の勉強をしていると言っていた。来週、光州に行くんだ。あなたが光州にいるなら会いたい。私は今ソウルにいると返事をした。でも来週は行く用事ができそう。じゃあ会おう。連絡する。じゃあね。私の返事も何となく、ぐらぐらするハングルのかたまりみたいに見えた。どこかから取ってきて、コンピュータの画面に貼りつけた組み合わせ。一つにまとまりきらない、小さなかたまりたち。

ヘナと私の目的は、全羅南道《チョルラナムド》庁の前で開かれることになっている光州市交響楽団のマーラーの交響曲第二番第五楽章「復活」の演奏を聴くことだった。その年は一九八〇年五月の光州から三十年が過ぎた年だった。記念すべき年なのでそのような演奏会が野外で開かれるのだ。ヘナはその前日に光州に着き、望月洞《マンウォルドン》墓地[*2]に寄ると言っていた。私たちが会うことにした場所は忠奨路《チュンジャンノ》にある郵便局の前だった。人々はみんなここで待ち合わせて他の場所へ向かう。久しぶりに会ったヘナは髪が短くなっていて、黒い服を着ているせいか落ち着いて見えた。私たちはあいさつをして短くハグをした。聴くつもりだったあの演奏会、雨が降るから取りやめになったんだって。ヘナはそう言い、私は残念でもあったが、それじゃ何年か前に一度会っただけのヘナと何をしたら

＊1　一九四八年の済州島四・三事件を指す。
＊2　光州民主化運動の犠牲者の墓地。

いいのか若干とまどった。どうする？　と聞くと、そうだねごはん食べようかという返事が返ってきた。その日は雨が降りそうな天気だったが、夜の空気は湿っておらず、爽やかだった。私たちは近所の中国料理店に行ってチャプチェ丼を食べて出て、しばらく歩いた。

　光州は静かで、他の日と特に変わりはなかった。特別に声を出して何か話す人はいなかった。思いの外に、ここで何か話している人はいなかった。ある日には大声で何か言ったとしても、別のときには口をつぐんで何も話さない。何も言わなかった、たいていは。私たちは道庁に向かって歩き、少しずつ落ちてくる雨だれに打たれ、あ、雨だね、雨だと小声で言い、手のひらを上に向けて空中に差しのべた。雨だれが手のひらに落ちた。私は手のひらを振りながら歩いた。雨はすぐにやんだ。私たちは、この期間内だけ特別に公開されている旧道庁*の中を歩いた。一階では当時の五月の映像が上映されていた。二十代くらいの男性二人が並んで立ち、当時の映像を見ていた。二人の男性は気をつけの姿勢で手をぴったり体の横につけたまま、おとなしく立って見ていた。並んで立ち、おそろいのように白いシャツを着た二人だった。その後ろには五十代に見える日本人男性が一人、別の二十代くらいの男性と日本語で会話していた。二十代の男性は韓国人のように見えたが、通訳をしてあげているようだった。彼らを後にして二階に上がった。ヘナと私の他には誰もいなかった。空っぽの廊下。暗い廊下。灰色で重たい灰色の廊下。コンクリートのビル、はがれたペンキ、その二つの匂い。この灰色の廊下で本当に何があったのかを声に出して言う人は稀だ。本当にここで何があったのか知っている人たちは、別の話をしてくれるかもしれない。今までの話とは別の話をだ。そうしたら、それはまた別の一つの物語になるだろう。外を見た。また雨が降るかもしれないな。そんなことを考えてから道庁を出た。

また忠奨路に戻ってきた私とヘナは旧市庁の方へ向かった。旧道庁を通り過ぎて旧市庁の方へ、広くもない旧都心の中をただ歩いた。旧道庁　旧市庁　旧都心　すべての見えない過去の通りの名前を、長い時の流れを知る人みたいに呼びながら歩いた。立ち並ぶ飲み屋の中でいちばん静かに見えるところに入った。私たちはビールを頼み、マスターはすぐにビールとグラスを持ってきてくれた。性能のよさそうなオーディオがカウンターの上の方にあり、その周囲にCDがきちんと整理されていた。ヘナは流れてくる曲を鼻歌で歌った。ビールをひと口飲み、一緒に歌を歌い、首をめぐらせてすみずみをよく見ていた。そのとき流れていた音楽はボサノバや軽いジャズだったと思う。ヘナはソウルの語学研修センターの先生の話をし、先週こんなことをして遊んだよ、みたいな話をした。私たちはビールをもう一本ずつ頼み、ビールを持ってきたマスターにヘナは、かかっている音楽がどれもいいですねと笑いながら言った。マスターはジャズがお好きですかと聞いた。二人はあれやこれやミュージシャンの話をした。私はふと、前の年に京都に行ったことを考えた。春だったがまだ肌寒く、雪が舞う日もあった。京都はすべてのものが古くてきちんと

＊「旧全羅南道庁」のこと。光州事件当時に市民軍の本部が置かれていた記念碑的な場所で、ここに最後まで立てこもった市民たちの多数が命を失った。

して見えて、初めはその中にいる人たちがよく見えない都市だった。だけどそれでも不意に、その風景の中の人々が生き生きと現れてくるときがあった。その当時『光州 City』という歌を作ったという人は今どこで何をしているのだろうか。それを教えてくれた人は、そのレコードは今は手に入りにくいと言った。どこかにあるだろうけど、手に入りにくいだろうね。そう言ったんだ。そんな話をしていたころ、誰かがバーのドアを開けて入ってきた。やせて洗練された服装の中年男だった。耳をおおう銀髪に、肩がぴったり合ったスーツを着ていた。その人は梅の入った酒を頼んだ。その人は梅の入った酒を飲み、マスターは熱したニホンシュを飲み、私は冷たい生ビールを飲んだ。私はどこでもビールを飲み、どこでも人と音楽の話をする。

「『光州 City』っていう歌知ってる？」

「『光州 City？』」

「そう。八二年ごろ出たと思う」

「ハクリュウかな？　白竜の曲？」

「うん、そう」

「ああ、あのころライブによく行ってたよ」

「見たことあるんだ？」

「あるよ。そうだね、そんな曲も多かったね。沖縄のとか、天安門のとか」

「沖縄関連の曲はいっぱいあったな」

「うん、あった」

そのとき誰かが入ってきたのだが、やせて洗練された身なりの中年男ではなかった。耳をおおう銀髪に肩がぴったり合ったスーツを着た男ではなかった。あたりまえだよねと思いながらビールをもうひと口飲み込んだ。今入ってきた人は筋肉のついた大きな体にアディダスのTシャツを着てコットンパンツをはいていた。その男は私とヘナをさっと見てマスターの方に行った。よそでもう飲んできた顔だった。赤い。たぶん触ったら熱いだろうな。その人はバーのマスターと親しいらしく、マスターの向かいに座ってビールをくれと言った。その男の左では四十代くらいの男女が抱き合ってキスをしていた。ひとかたまりになったみたいにくっついて離れず、どういう顔をした人たちなのかわからなかった。さっき入ってきた男は何の関心もなさそうな表情で、ビールびんを手に持ったままこっくりしはじめた。一人でぶつぶつ言っていた。そのときやっと少し離れた男女はのどが渇いたのか、それぞれにグラスを口に持っていった。キスをし終わった男が言った。グラスを高く掲げながら。あの歌かけてよ、あの歌。あの歌とはその年にソウルにある広場で歌うことができなくなった曲*だった。なぜなのか納得のいかない理由で歌えなくなり、そのため、その歌を歌いたかった人々をいたたまれなくさせた。どうして歌ったらいけないん

＊ 一九八一年に作られた民衆歌謡『あなたのための行進曲』。光州事件の市民軍の指導者に捧げられた有名な歌で、五・一八の記念式典の際に全員で斉唱されていたが、李明博政権下の二〇〇九年に斉唱を取りやめ、合唱団が歌う形式とされて反発を招いた。

だ？　とか、歌わせろとか、そんな疑問や発言を経過して、結果としては侮辱された感じが残った。ビールを飲みもせずにビールびんを持ってこっくりこっくりしていた男はゆっくりと顔を上げて尋ねた。あの歌？　キスをし終わった男はまだグラスを高く上げていた。そうだ！　聴こうよ、今日みたいな日は！　あの歌を聴かなきゃね。

「あの歌聴いてどうするんだ？」

「だって、今じゃなきゃいつ聴くんだ」

「あの歌を聴いてどうするんです？　ここじゃもうさんざんかけてるだろ」

「何で今聴いたらいけないんです？　だめなのか？」

「聴くのが嫌だから。ほんとに聴きたくないから」

「じゃあ何を聴くんだ？　何を歌えばいいんだ？」

ビールをひと口飲んで、そうなのか？　そういうことなの？　とつぶやいていた男性はグラスをおろし、女性を引き寄せると出ていった。バーのマスターは気まずい表情をした。そのとき流れていた曲が終わるとディスクを変え、それはレクイエムだった。バーのマスターはレクイエムをかけた。歌が禁止されたら隠喩が利用されますか。私はキスをしていた男の言葉をつぶやいてみた。何を聴くんだ？　何を聴くのか。何を歌うんだ？　何を　何を　何を　と言ってみると、にゃお　にゃお　にゃおと鳴いてるみたいだった。ヘナは壁にもたれて膝を抱えた。ヘナは考え込んでいるような格好だった。私はそれが嫌でもなかったし、腹が立ちもうんざりもしなかった。

暑いなと思った。あの歌をかけるなと言った男はまた立ち上がり、こんな曲はもうかけるなよと低い声で言った。レクイエムが何だよ。ビールは少しも減らなかった。男は一人でぶつぶつ言い、バーを出ていき、ビールは減らず、相変わらず酔ったままで、マスターは男が出した一万ウォン札を受け取れないと何度も言った。男は一万ウォン札を投げ出して出ていった。私たちは黙っていた。私はちょっとコンビニ行ってくると言ってしばらくバーを出た。まだ爽やかな夜の空気が指の間から抜けていった。コンビニを二回りぐらいして缶コーヒーを一本買った。コンビニ前のパラソルのついたテーブルに座ってコーヒーを飲んだ。この缶コーヒーは黒い缶に入っていて、全然甘くない缶コーヒーだった。黒い缶に白い文字でBLACKと書いてあった。お前がどんな期待をしていようと私は甘くないのであるから、甘くないことを期待するならお前を満足させてやろう、と雄弁に語っているようだった。甘くない缶コーヒー、苦いコーヒーを全部飲んだ。手のひらを開いた。ぽつっ、と落ちてきた雨垂れが手のひらに触れた。ゆっくりと二滴めの雨だれが落ちてきた。三滴めの雨だれ、間を置いて四滴めの雨だれも落ちてきて、私は集めた雨だれを空いた缶に流し入れた。立ち上がってまたバーに向かった。ほら、大雨にはなってないじゃん。私は今日取りやめになった公演のことを考えた。大雨は降らない。まばらに雨だれが落ちてくるだけじゃないか。

ヘナの隣に戻って座った。バーには私たち二人だけだった。マスターは私たちにコーヒーを持ってきてくれた。またコーヒー？　マスターはさっきコーヒーメーカーで淹れたコーヒーを渡してくれた。大きなマグカップを手に持つと手の中が温かくなった。さっき雨だれを集めていた手のひらだ。温かいコーヒーを飲みながら私は、バッグの中の手帳を出して無意味にめくってみた。携帯も確認した。わざわざ見せるようなものはなかった。重要なものはなかった。ヘナはバッグからキャンディの空き袋みたいなものを捨てるために取り出した。チラシも取り出した。そして紙を一枚出した。ビラのようなものだった。これ、誰かが墓地で配ってたんだ。でもまわりに人がいなくて、もらったのは私だけ。私はくしゃくしゃになった紙を受け取った。詩だった。私は何年か前にバークレーでヘナが私に詩をくれたのを思い出した。金南柱の「虐殺2」で、私はそれを六〇年代後半の南米の状況を描いた詩みたいだと思った。そのときは五月で、二度めに詩をもらったのも五月で、その間に何年かの時間が流れ、その中間に京都が点のように捺されているが、それらのすべては途切れることのない一つの空気の中を流れていた。私は三年前の視線で三年後を見、私にとってはそれは自然なことだったが、その間を吹いていく風はそのままで、人々は音楽の話をし、私は冷たいビールを飲み、それはいつも変わらないことの中の一つであり、誰かが殺し誰かが死に、そしてとても多くのものたちが残り、そういうことをすべて知っている人たちに私は会っているのだが、時間はその間を風のように悠々と通り過ぎていた。どちらの晩も湿気のない爽やかな夜で、私はヘナから詩を受け取る。ぴったりと重なる夜だった。私は紙をたたんで手に持った。コーヒーとビールを交互に飲み、紙を広げてテーブルの真ん中に置いた。私たちは頭を寄せ合って読んだ。金正煥《キムジョンファン》*の「五月哭《オウォルコク》」という詩だった。私たちは人差し指で一行一行なぞりながら読んでいった。私の人差し指の横でヘナの人差し指が動いた。私の人差し指はヘナの人差し指を押すように、ヘナの人差し指は私の人差し指にくっついているような形で動いた。私たちが詩の最後である「秘められた罪深い夜でさえ身震いするほどの真昼のことでした」という部分にたどりつくと、二本の人差し指は紙をたたいた、トントンと。お互いの指もトントンした。指をトントンするときは紙をたたくときのような音がしない。私はペンを出して、前にヘナがしたように線を引いた。「我ら、貧しさの共同体よ」という部分と「第三世界よ　共同体よ」という部分だった。

我ら、貧しさの共同体よ。
第三世界よ　共同体よ。
(この二つの文は続きではない)

共同体はcommunity、第三世界はthird world、とヘナは英語で書き込む。共同体と第三世界はすごく世界共通の用語みたいで、その二つの単語にアンダーラインを引いた金正煥の詩は金南柱の「虐殺2」と同様、これは必ずしも光州だけの話じゃないかもしれない、六〇年代の南米の話

＊　詩人。光州事件後、詩が非常に盛んだったころの中心人物の一人。

かもという思いをもたらした。すべての明確な世界と私の間にはカーテンが張られていた。あのときバークレー校の近所のカフェで、誰かが光州ってどこ？　と聞いたとき、ヘナは光州の位置を正確に指した。さっきのあの人差し指で、ざっと描いた韓国の地図の上でここだよと光州を指した。誰かが massacre の意味も聞き、他の誰かが簡単に説明してやってたな。残忍な方法で大勢の人を殺すこと。韓国語で何て言うんだっけ？　massacre、虐殺する。大学生は脚注を入れるように massacre に線を引いて、その下に書き込んでいたっけ。虐殺する、と。そしてまた誰かが言った、じゃあ brutal は韓国語で何？　あ、それは残忍だ。brutal な方法で大勢の人たちを殺すのが massacre。私はそんな明確な世界にいなかった。まるですごく複雑な地図を見ているように、そこはどこ？　とのぞき込まなくてはならなかったが、だからといって何かが見えるわけでもなかった。私はそのようにしてのぞき込む人だったから、当事者ではなく、また明確な世界の市民でもなかったから。私の前にはカーテンがあり、私はカーテンをめくり上げることができないから。

人差し指で文章の下の部分を押していった。爪が詩の行末を引っかいていた。

私はあのとき京都の四条駅から歩いて五分ぐらいかかるあるバーに座っていた。しばらくの間バーのマスターと私だけで、私がビールを二杯ぐらい飲んだとき、肩がぴったり合ったスーツを着た銀髪の男が入ってきた。その男は梅の入った酒を注文し、私たちは三人で話をした。そしてしばらく後、私はそのこざっぱりした身なりの中年男を見ながら聞いた。

「どうしてよく知ってるんですか?」

「何を?」

「光州で人々が死んだこと。そこに人々がいたってことです」

「そりゃ知ってるよ」

熱した酒を飲んでいた男が説明するように言う。私たちは年を取った人間だから。そのとき生きてた人間だから。光州で人々が大勢死んだことを知ってる、済州島でも人が大勢死んだ、それも知ってる。私らは年を取ってて、おじさんだからね、よく知ってるんだよ。私は笑い、年取ったおじさん二人も笑った。その二人は私に、君は光州の人だから君もよく知ってる人だろうと言うのだが、私は、そうかな? と一人言を口にしてくすくす笑った。私はビールをもう二杯飲んでそのバーを出た。もしかしたらさらに一、二杯飲んだかもしれない。とにかく私はそこに立つ人ではなかったし、そこに立つのは誰か言える人でもなく、指で光州がどこにあるか指すことのできる人でもなく、ただ手のひらを空中に差し出す人だった。あそこに誰か立ってると言って引き返して歩いてきて、一人言を言う人。雨だれを集めて缶に流し込む人。

ヘナは動いている私の人差し指を眺め、私はずっと人差し指を押していた。バーのマスターが、あのー、と私たちを呼ぶ。私たちは後ろを振り向き、そのときその人は私たちに夕ごはんは食べたかと聞いた。私たちは、なぜそんなことを聞くんだろ、こんな夜中に? と、そんな表情でうなずいた。食べましたさっき。男は、じゃあ仕方ないけどという表情で話しはじめた。いえね、実はこの近くにおいしいおかゆ屋が何か所かあってね　餅のおいしい店つまり餅屋もあるしうどんのおいしい店もあって　あ、さっき言ったおかゆ屋はあずきがゆが特においしいんです　かぼちゃがゆもあってごまのおかゆもあって普通の米のおかゆもあるし、でも鶏がゆはないですね　鶏がゆはたぶんサムゲタンの店に行けばあります　あずきがゆには白玉団子の入ってるのもあってその上にときどきゆでた栗を乗せてくれることもあります　それからごはんの入ったのもあるんだけどやっぱり麵の入ったのがいちばんおいしいですね　その店で使うあずきは古いあずきじゃなくて新しいあずきで　新しいあずきであずきがゆを作るんですよ　古いあずきはおいしくないですからね　新しいあずきで作ってこそおいしいんです　古いあずきは何か水っぽくて嫌な味がするじゃないですか、餅屋は毎朝新しく餅を作るんだけど　前を通るとカレ餅〔棒状の白い餅〕を食べてごらんって味見させてくれることもあってほんとにおいしいんですよ　私は虹餅〔何色もの餅を重ねたもの〕なんてあんまり食べないんだけどそこの虹餅はおいしいんですよ　ペクソルギ〔やわらかい米粉の蒸し餅〕もおいしいですしあずき餅もおいしいですし風餅〔あんを包んだ半月形の餅〕もおいしいですし松餅〔あんを包んだ餅を松葉と一緒に蒸して香りをつけたもの〕もおいしいですよ　それとときどきそこでシッケ〔米と麦芽を用いた甘酒のような飲み物〕を作ることもあるんですよね　でもやっぱりカレ餅がいちばんおいしくてその次にきなこ餅がおいしいんだけどきなこ餅をくれって言うとものすごくいっぱいきなこつけてくれてね　熱々の餅に香ばしいきなこをつけてくれるんですよ　あ、それと、何でもおいしいものを食べたかったら市場に行くのがいいんだけど良洞《ヤンドン》市場においしいおかゆ屋があってね　さっき言ったのとは違う店ですけどね　餅屋、おいしい餅屋もありますよ　麺類だったら普通は蕎麦だけど、市内にあるおいしい店を知ってるでしょ　あそこでは昔は蕎麦とうどんのハーフ&ハーフの盛り合わせもやってたんですよね麺のね

でも市場に行けば他の麺の店もあります　だけど麺を食べるんだったらあずきがゆを食べる方がいいと思うことがありますねえ　いえね、よくあずきがゆにうどんの麺を入れるでしょ　それを食べた方がいいなと思うことがあるんですよ　だからさっき最初に言ったおかゆ屋に行くんです　新しいあずきで作ったあずきがゆを食べに行きます。

おかゆと餅と麺の話が続いた。バーのマスターはレクイエムの入っているCDはとっくにプレーヤーから出してしまっていた。レクイエムは最後まで聴かずに出してしまった。そしてかけたのはパット・メセニーみたいなのだった。その夜に似合う演奏だった。ときどき空中に手のひらを差し出すと、雨だれが時間をおいてポツポツと落ちてきて、手を振ると指の間を爽やかな夜の空気が抜けていく、まさにそんな夜に似合うアルバムだった。私たちはぼんやりした顔でうなずく。一度ずつ、食べたいなーと反応しながらおかゆと餅と麺の話を聞いた。マスターは、話せることがおかゆと餅と麺のことしかないのかもしれなかった。終わることのなさそうな餅とおかゆと麺の話。ときどき会うんだけど、一か月いや二か月に一度かな、ひょっとすると一年に一度か十年に一度ぐらいかもしれませんけど、まだ鐘をちりんちりん鳴らしながら豆腐を売ってるおじいさんがいるんです。本当ですよ。私は嘘みたいな話だと思いながらうなずいていた。

そうして続く、終わることのなさそうな餅とおかゆと麺の話。

ヘナは夏が終わるとサンフランシスコに帰った。連絡は途絶えた。私はヘナの専攻を知らず、ヘナの職業を知らず、ヘナも私が何をしている人なのか知らない。ときどきヘナのメールアドレスを思い出すことがあるにはある。私は三年ぐらいの時間を一つにまとめて考える人だったのだが、時間が経つと、ヘナを中心としてもっと長い時間が固まってきた。ある種類の夜、同じような空気を持つ夜たちが一つに集まってきた。一つの時間として集まった。例えば光州、ヘナに会ったのは光州だった。光州のあの夜に、特別に大声で何ごとかを語る人々はいなかった。私たちが延々と聞かなければならなかったのは餅とおかゆと麺の話だけだった。あの人は、それ以外に重要な話はないというようにその話をした。まるで話が途切れてはいけないようにだ。私はその後かなり長い時間を過ごしたが、あれほど餅とおかゆと麺の話を情熱的に長いこと話す人に会ったことはない。私にはあの人ほど食べものについて長々と話すことはできなかった。これからもそうだろう。でも、全然甘くないブラックの缶コーヒーについては詳しく話すことができた。全然甘くなかったよ、それを期待して飲むなら完全に満足させてくれる缶コーヒーだよと。ヘナの人差し指がどんな形だったかはおぼろげだけど、ヘナの名前は憶えているなあ。韓国に関心のある人たちが集まって韓国語を話す集まりがあるよと最初に私を誘った人は名前も顔も思い出せない。バーで熱した酒を飲んでいた人は赤い顔が思い出せる。その人は私に、君は光州の人でしょと言ったけど、その言葉を聞いたとき私は私の隣に誰かがいるみたいにそっちを向いた。向いた側の席は空いていた。私は光州の人という言葉を聞くとすぐにそっちを向いたのだが、それは、絶対そうじゃない気がしてそうしたのだ。私は光州で生まれて育ったが、それを聞くと熱した酒を飲んでいた人は待っていたように、したい話はそれしかないみたいに、八〇年に光州で起きたことを話した。続けて私に、君も光州の人でしょと言ったのだが、そのとき私は瞬間的にくらくらするような距離を感じてパッとそっぽを向き、反応もせず、ビールばかり飲んだ。反対側にいたこざっぱりした中年男は梅の入った酒をすぐに飲んでしまい、何年かの時間が過ぎたが、私は梅の入った酒を飲んだことはない。

いつだったかもう少し時間が流れて、金南柱の「虐殺2」を読んでみた。私は前に金正煥の詩を読んだときみたいに、金南柱の詩も人差し指で押しながら読んでいった。「五月のある日のことだった」がくり返され、その詩は「ああ　ゲルニカの虐殺もこれほど酷くはなかっただろう／ああ　悪魔の陰謀もこれほど緻密ではなかっただろう」で終わった。夜中に兵士たちが都市に押し寄せてきて人々を殺すこと、人々が殺されること、悲鳴を上げること、痛哭することを書いたその人は五十歳になる前に病気で死に、その人が死んだのは九〇年代で、誰だったかが幻滅のときと呼んだ時代であり、六、七〇年代のスペインやメキシコがどうだったかを淡々と書いたチリの作家ロベルト・ボラーニョは五十歳ぐらいで死に、それと無関係にあの詩は依然として六〇年代の南米の話みたいに見え、アイルランドの血の日曜日を歌ったものみたいに見え、光州のあの日も偶然に日曜日だったというが、私が盛んに南米とアイルランドを持ち出すからといって南米とアイルランドのことをよく知っているわけではない。そんな意味ではない。おいしい餅とおかゆと麺をよく知っている人と同程度に南米とアイルランドをよく知る人という意味ではない。全然甘くない缶コーヒーについて話せるのと同じようにそれについて話せるわけでもない。ヘナに光州で会った日、光州は静かで、大声で何かを話す人は誰もいなかった。その事実を話せるのと同じようにそう言えるわけでもない、ない、ない。ただ、私の前には何枚ものカーテンがかかっていて、私にはその先へまっすぐに歩み出ることができないということ、それだけは確かだということだ。私は三年くらいの時間を一つにまとめて見ることができ、三年前を三年後の視線で見ることができ、従って私はすべての時制を消すことができるのであり、そうやって見ることのできる時間がだんだん増えていったが、私の視線は金南柱が語った「光州、一九八〇年　五月のある日」には届かず、このことはちょっと不思議に思えるけれども実は当然のことだ。確かなことだ。同じ夜が盛んに重なってくる私の時間の中にあってもだ。何度かの五月の夜が重なる私の時間の中においてもだ。

　次の一枚は誰かが強い筆圧で書いた宣言文だったが、ヘナはいくつかの部分を直していた。説明も追加していた。檀紀××××年は１９##年に変えてあった。××××年　光州　コンクリートのビル、灰色の廊下、五月の最後の何日か、それはやはり私が知らない時間で、私が何かを追加したり、私に重なってきたりしない時間だった。

私たちは毎日午後に

男は先に眠りにつき、そういえば男はいつも先に眠って、私はまばたきしながら今日起きたことについて考えるんだ。昨日起きたことをゆっくり考えることもあり、その前に起きたことを考えることもある。男は今日、体が小さくなり、どうして小さくなったのか、私はそれを知りたいのだが、理由を考えるより前に小さくなった男は小さくなったままで私の前にいた。男は小さくなって、小さくなった男がどのくらいかというと、家庭で飼われている子犬の半分くらいの大きさなんだよ。子犬にはいろんな種類があるけど、頭の中に子犬を思い浮かべてみて、そのとき思い浮かぶ子犬の半分の大きさに男は縮み、だから男は私の両手に入る。もう私の肩に乗ることもできるよ。そのときは子犬みたいにじゃなくて、鳥やリスみたいに。体が小さくなる前にも、男はすごく大きかったり力が強かったわけでもなくて、私が冗談のつもりで肩をつかんで揺さぶると前後にゆらゆらした。またはゆらゆらするふりをしてくれた。

私たちは毎日面白い話をするが、今日の午後にも面白い話をした。とってもくだらない話。男は腹を抱えて笑った。腰を曲げて、すごく笑った。うわー、あなたって体、半分にたたんで笑うんだねーと私はそう言いながら一緒に笑った。そして頭を上げてみると男がすごく小さくなっていた。最初、男が見えなくなったので、どこにいるの、どこ行ったのーと探したら、男は笑いをこらえている声で、ここ、こことようやく手を上げた。テーブルの脚の横にいる男は何かの小さいかたまりみたいで、また、その手は爪みたいだった。私はひざまずいて床に這い、とても小さくなった男と目を合わせた。小さくなった男の目は私を見ており、私は気をつけていないとこの小さな何かをなくしてしまいそうだった。しっかりしなきゃと思って、男の目をずっと見つづけた。手を上げて男の頭を包んだ。頭が私の手の中にすっぽり入った。男を持ち上げて膝の上に乗せ、こんなに小さくなるなんて、こんなに軽くなるなんてと驚いた。

こんなに小さくなった人は、何か予言しなきゃいけないんじゃないの？

予言を？

男は私の膝に寝て、頭を私の膝の間に埋め、えー、そんなことまで……と考え込むような顔をした。私はまた男を持ち上げてもう敷いてあった布団の上に寝かせ、自分もその横に寝た。実はこれから何が起きるかについてはあんまり気にしていなかった。男と私は毎日午後に並んで横になり、今日は何があった？　世の中には何があった？　誰が死んだ？　おいしいのは何？　これはどういうこと？　と私が聞き、男は答える。だいたいにおいて私が聞き、たまには男が聞くこともあり、実際、どっちが質問するかはそんなに重要ではなく、重要なのは！　それはつまり、私たちが会話をするということだ。昨日について、昨日のこととお互いについて。今日、男は体が小さくなり、私はもうそれで何かわかっちゃったような気がした。男は今では私のポケットでうずくまっていることもできるし、肩に乗っていることもできるし、私は歩くのが好きだから、私たちはいっぱい散歩することになるだろう。だから予言はしなくてもいいよ。歩いてればいい。ずっとずっと、歩いてればいい。

昨日は東南アジアのフィリピンで洪水が起きて人がたくさん死んだ。それよりずっと前にはアメリカでビルが崩壊する事件があった。男の友達の一人は自宅の屋上で音楽を聞いて遊んでいるときにその場面を目撃した。その友達が教えてくれたのだが、屋上でその事件を目撃した人たちの団体があるそうだ。その団体がどういう名前で、また、やってることは何かっていうと……

去年は日本で大きな地震があった。それは去年のことで、だから過去の時制を使うことは使うけど、過去時制を使ってみると何かがバッと首に巻きついてくるような感じがする。私が知りたいのは昨日のこと、何日か前のこと、最近というなら今朝のことだ。これから何が起きるかについては、まあ、すごく気にしてはいなかったし気にならない。男は小さくなったが、私たちは前と同じように質問をしよう。私たちにはこれから先も、予言はないだろう。

何日か前には一緒に外出したが、私はいつも道に迷い、相手はいつも道がよくわかる。私たちは道でそれぞれの一貫性を探っていた。彼は毎日、新しい道へと私の手を引いて半歩ぐらい先に立って歩いていった。私は多くの日と多くの時間を経験してきた。それでわかったことがある。

それは、いつも迷うとしても同じ道を何度も何度も歩いていれば道は古い道になり、新しい道のままではいないということと、路地と呼ぶものを通り過ぎればたいがい大通りに出るということだ。そんなことがわかるようになった。そういうことを信じたり主張するのではなく、そうなんだーと言いながら道が古い道になるのを見守るようになった。路地を過ぎるともっと狭い路地に出たり、路地がだんだん狭くなって吸い込まれてしまいそうで後戻りして逃げたり、初めて見る空色の屋根の家が路地を通せんぼしていて大通りに向かう出口が全部ふさがれていたりした。そんなことを経験してきた。あなたはどういう人なの？　と心の中でそんな質問をした。質問がゆっくりと広がっていき、路地を通り過ぎ、風に乗っていくころになってまた歩いた。

おととい、私たちは手をつないで歩いていた。まず門を開けて外に出て歩き出した。門を開けて十歩ぐらい歩くとおなじみのスーパーがある。私は頭の中で青い看板を思い浮かべながら歩いていったが、頭を上げてみると目の前には病院があった。青いスーパーの看板ではなく、ライトグレーの大きな建物が現れた。その大きな建物は近所の家々に比べてあまりに大きく、視野に引っかかった。すっと通り過ぎることができなかった。ないふりができなかったのだ。

病院！　病院だよ！

うん、あの病院、地下でごはん食べられるよ。

スーパーじゃなくて病院だってば！

うん、病院だよ。

何で病院があるの？

僕も知らない（ポケットを探って、ポケットの中から何か取り出す）これ、ぎょうざ。ついこの間、病院の地下でごはん食べたとき、残したんだ。


おととい、スーパーじゃなく病院が現れたんだから、もういつもみたいに新しいものや未来のものについて話してやらなくてもいい。だがどうして病院が現れるのかはわからず、今日は病院が出てくるのか？　でなければまた他の何かが出てくるのか？　とどきどきしながら家を出たら前と同じくスーパーだった。それは昨日のことだ。一人で歩くとき風景は、街は、建物は変わりなく、道はいつも元の場所にあり、相変わらずそのままだった。一人で歩く道は灰色の道また道。私は部屋の中、または都市のどこかにいる人を思い浮かべながら灰色の街を歩いた。道はだんだんなじんできて、予期しないことは起きない時間だった。昨日はそうだった。私は未練を捨てられず、スーパーの中のどこかに病院が隠れているのかなとスーパーをひと回り回ってみたが、何もなかった。すぐにあきらめ、行こうとしていた道を行った。このスーパーは病院を隠せるほど大きくない。その病院は半分にたたんで、またたたんでスーパーの中に隠してあるのかな。スーパーの床に埋めてあるのかな。見つけられなかった。病院はどういうときに出てくるんだろう？

男と道を歩くと普段は考えたこともなかったものが目の前に現れ、私はまた心の中で尋ねた。いったい病院はどういうときに出てくるのかな？　一人で立ったまま問いかけた。今日の午後、そのことを聞いてみよう。忘れずに、聞いてみよう。

そんなことを考えながら振り向いて男を見た。男はまだ寝ていて、寝ている体は小さくて、私が変な方へ寝返りを打ったら下敷きになってしまうかもしれない。私があなたをつぶしちゃったらいけないよね、あなたは生きていて、人間で、私たちはいっぱい話をするのに。こんなふうに小さくなったあなたが人間ではないとしても、あなたをつぶしてしまうのはよくない。笑っていたら急に体が小さくなったあなたが人間ではなく、だからといって動物でもなく、すごく変なものだとしてもあなたをつぶすのは間違いだ。そして実はあなたは変でもなくて、小さくなっただけで、私はいつだってあなたに質問をするんだ。うっかりミスだとしても男を押しつぶしたり踏みつぶしたりしてはいけないと神経を遣い、眠れなくなり、眠ってもすぐに目が覚めた。目が覚めると横に寝ている男を確認した。

広い窓からは日差しが入ってきた。部屋のある部分は暗く、ある部分は明るかった。私はまっすぐに寝ていた。小さくなった人は私の胸と胸の間にうつぶせになって寝ていた。私の薄いＴシャツを毛布みたいにかけていた。いつここに入っていったの？　違う、入ってきたの？　私の笑い声で起きてしまった。男はしばらく頭を振り、くしゃみをし、Ｔシャツの外に這い出すと私のパンツの下に入ってまた眠った。パンツを布団みたいにかけて腕と頭だけ外に出したまま規則正しい息をして寝ていた。まっすぐに寝て天井を見ながら、足の間で男が動いたり止まったり、指を上げたりおろしたりするのを感じ、笑ったり声をかけたりした。何か言ったけどその声が小さくて遠くて、何度か聞き返さなくてはならなかった。

何？　何て言ってるの？

……

ん？　もう一回言って。何？

小さくなった人は私の体の中に入っていて、今はもう首だけを外に出したまま息をしている。私はゆっくり体を起こして座った。あなたの顔は赤くて、私の顔も赤くて、私たちは目を見合わせてお互いを眺めた。私は私として座っていて、あなたは私を見て、私はゆっくり体を曲げて小さくなったあなたにキスし、あなたの顔を舌でなめた。男はゆっくりと自分の右腕を出して、私の頬を指で撫でた。

午後はいつもすぐに来てしまう。私はそれをよく知っていた。膝で這って冷蔵庫まで行った。牛乳を持ったまま流し台の上に置いておいたカステラを持ってきた。床に座って牛乳を飲んだ。私はまた流し台に手を伸ばしてスプーンを持ってきて牛乳を注いだ。男を肩に乗せた。男はしっとりと濡れていた。男はスプーンの中の牛乳を飲み、私はカステラを食べ、私はまたスプーンに牛乳を注いでその上にカステラを浸してやる。部屋の中には暗いところがあり、あるところは明るかった。日差しは流し台を通り過ぎて私の肩と肩の上の小さくなった人を通り過ぎて、床に投げ出された服のところを通り過ぎた。そこは明るかった。私は明るいところに座って牛乳を飲みカステラを食べた。日差しがまぶしくて、男は目をつぶったまま話した。私は人差し指で男の目から光をさえぎってやった。私たちは午後が来るまで、明るいところに座っていた。

去年の三月十一日、日本の東北地方には大地震と津波があった。それで終わりではなく、続いて福島第一原子力発電所の爆発事故が発生し、その事故の余波はまだ強力だ。この先も強力だろう。私は男に、去年日本で起きたのは何だったっけ、毎日毎日新聞にテレビに、ポータルニュース全部の画面に出ていた圧倒的なあれは何だったんだっけ、あれは地震だった？　または地震と似たもの？　じゃなかったら何かすごい、巨大なこと？　と尋ね、男は具体的にしかし簡単に話してくれる。あれは大地震と津波、そして原子力発電所の爆発事故だった。そう言ってくれる。

彼はそう言ってくれて私に頭をもたせかけ、私は私の頭と私にもたれた男の頭を男の肩の方へ押し、彼は私の頭と自分の頭を私にまた押しつけ、そして私たちは何が起きたのか、何ごとが起きたのか考えてみたが……

現在、日本の東京の、首都の、議会の、そうして大勢の人々はそこそこ何とか元気にやってるみたいだ。それが、頭をつきあわせて出した私と男との結論だった。どうしてそんなことができるのかはわからないが、そこの人たちは元気なように見えた。そうかと思えば、何が起きたのかと毎日のように考えているソウルに住む私たちもとても元気に過ごしている。それもまた一つの結論だった。まあ、よくはわからないけど、私たちは毎日散歩をするから。少なくとも私たちは散歩をしているから。散歩をする大勢の人々は元気に過ごせるだろう。なぜかといえば本当に元気に元気に過ごしているし、元気に過ごすほかないからだ。散歩して前を見て歩いていき、その道はとても穏やかで、すべてのことを肯定する。散歩していてかがんで花を折ることはできるが、それができることのすべてだ。散歩する人はその路上を歩き、花を折り、草を見ることだけをやっている。そんな理由ですべての散歩する人たちは元気で過ごすしかなく、何が起きても起きなくても日本の散歩する人々も元気で過ごすだろう。

私たちは服を着て、私は小さくなった彼を私の自分の肩の上に乗せて部屋を出た。このドアを開けて歩いて出ていくと、スーパーが現れるか、久しぶりに病院が出てくるか私たちは知りたかったが、何も現れず、ひたすら歩いた。あなたと歩くといつもよくわからないことが起きて、初めて見る道が姿を現し、私はもうそういうことに慣れて、そういうことだけに親しみを持っている。あなたは私の質問には慣れたよね？　私の疑問符とも仲良くなったよね？　今ではあなたにとって私の体はすごく大きくなり、あなたは私の大きい体と仲良くなったのかな、私は小さくなったあなたの体とはまだ仲良くなってないけど、私たちの体が似ていたときに私たちがすぐにお互いの体に親しんだみたいに、私は大きくなろうとしてなったわけではないけどあなたに比べたら大きくなってしまって、それが今なんだけど、私たちはそのうちお互いの体に慣れるよね。スーパーがあった場所、病院があった場所には何もなく、狭い路地が長く続いていた。その狭い路地は、これがお前たちのためにくり広げられた今日だというように果てしなく続いていた。私は肩の上の男の頭を指でトントンたたきながら、あなたはなぜ毎日新しい道を作り出すの？　と笑いながら聞いた。男は落ちないように私の肩の上でバランスをとっていた。

そうやって歩いてみると日本料理店が現れてきたが、その向かいにはまた別の日本料理店があった。二つの日本料理店が並んで日本料理を売っていた。

去年の事件、9・11みたいに日付で呼ばれるあのこと、地質学の時代区分でいわれているようなそれらの言葉のすべては、人々が頭の中に持っていた日本を消してしまったばかりでなく、確かに消したと確認させてくれたようだった。これらすべての日本料理店は、今はない日本という共通の記憶を代弁するというべきか、全世界の人々が誰も強制もしないのにこつこつと蓄積してきた日本という風景を絵葉書にして、それを額縁に入れてかけてあるみたいに見えた。

私は肩の下で揺れている男の足をトントンしながらずっと歩いていった。ここは新しい路地明日が過ぎれば消えることもあり　そうなったらもう永遠に来ないかもしれない道。そこの路上の日本料理店は日本料理を売り、そこで使われている日本語は考古学者たちが解読すべき文字みたいに感じられ、どうしてそう感じられるかといえば、珍しい言語で書かれた古い書庫の本がバッと道の真ん中で広げられたみたいだったからで。その言語は以前はポスターみたいで記号みたいだったはずだけど、私が以前と言っている以前という時間はとても短いが深くて、私が誤ってそこに足を踏み入れたらはまってしまいそうだが、はまったとしても落ちて死んだり大けがをするわけではない。だから注意深く以前と言い、目でゆっくり、ぎこちなく看板をたどった。私たちは新しい路地を歩いていくが、新しい路地にあるのは一九八〇年代の不動産業者たちが判で押して作ったような赤っぽい洋館また洋館。私は男の足を肩で突いてじっと立ち止まり、後ろを振り向いた。依然として続いている家と道、また後ろを振り向き、続いている道を眺めると、空はかすみ、遠いところで赤くなっていた。私は男をジャケットのポケットに入れてもうちょっと歩いた。あなたにポケットはちょっと狭いよね。肩はめまいがして怖いでしょ。私は男をポケットから出して腕に抱いてもう少し歩いた。洋館が続く道の終わりに三階の白い建物があり、私は狭い外階段を上りはじめた。なぜだか慣れた場所を行くみたいに自然に階段を上っていった。建物の二階には白いドアが一つあった。ノブを握って回した。ドアは意外にすっと開き、開いたドアの中には箱がどっさり積まれた部屋が見えた。その部屋は散らかってはいなかったが、といってかたづいてもいなかった。箱は引っ越し荷物みたいに紐で縛られているのが何個かあったが大部分はからっぽの空き箱で、箱が置かれた床にはセメントのように見える粉がついていた。私はまたドアを閉めて出てくると足の埃《ほこり》を払い、玄関の横に座った。この家は隠れるのによさそうに見えた。ばれそうになかった。ねえ、誰から隠れたい？　この家はいったい、誰かから逃げるのにいいところなのかな？　男が私の首を噛んだ。小さくなった歯で。

男に眠いかと聞き、疲れたかと聞き、おなかがすいたかと聞いた。体が小さくなると大きかったときより疲れやすいかもしれないし、すぐにおなかがすくかもしれない、そう思ったから聞いてみた。小さい仔たち、赤ん坊たち、動物たちは弱いから、面倒を見てやらなきゃいけないよね。だからいろいろ聞いてやり、よく見ていてやらなくてはならない。私はもう一度ドアを開けて入り、箱を何個かどけた。その場所に寝てみたが、床のセメントの粉と紐が目に入るとなぜだか不安になり、バッと起きてドアを開けて外に出た。まるで誰かが追いかけてくるみたいに急いでドアを開けて飛び出した。手の中の男が私の手首に力いっぱいしがみついた。ドアの前に座って男を見た。ほんとに眠くないの？　と聞いて、すごく小さくなった男を抱きしめた。階段にもたれて問いかける。今こんなことを聞いたらいけないような気がするが聞く。今日は何かあった？　昨日は何があった？　どこかの人たちに、どういうような、どんなことが？　私は答えを聞こうとして彼を肩に乗せ、彼は私の首をつかんでささやく。

昨日はね。

うん。

僕が小さくなった。

私は自分の首のそばにいる動物の仔みたいな人に触った。小さくなった人はどこからどこまでが頭なんだろう、肩も腕も足も何でこんなに小さいの。手探りしながら触った。昨日は彼が小さくなり、私が全身で知っておくべき事件はそれで、もう小さくなったこの体と私は仲良くしなくちゃいけない、私はゆっくりと触り、触り、また触る。

男を肩に乗せたまま、またドアを開けた。積んである箱を調べながら何歩か入ってみた。いくつかのドアが見えた。一つはトイレ一つは他の部屋、一つはまた別の部屋、すべては長い廊下とそれ以外の壁でつながっていた。ここはほんとに隠れるのにいい場所だなと思って、いちばん近いところにあったドアを開けた。そこは狭い部屋だったがやはり箱が積んであり、何冊かの本と米と小麦粉があった。その横にノートも何冊かあった。本当に誰かが避難するために作った家みたいだったが、もっと避難に適したところはこの家の地下か、この家とつながった近所の家に設計されていて、ここからは品物を運び出すだけみたいに見えた。そうなるとここは避難の準備をしたり、避難を補助するための場所であり、結局は隠れているための場所だ。肩の男を膝に乗せた。そう、昨日はあなたが小さくなった。だけど私はもうあなたを隠してあげられる。すごく上手に隠してあげられるよ。昨日何が起きたとしても、今朝何が起きても、そして最終的に起きたのがあなたが小さくなったことだとしても、最終的にあなたをもっとちゃんと隠してあげられる。

私はふと、この人は隠れるためにしょっちゅう新しい道を教えてくれるんじゃないか、もっと上手に隠れるために小さくなったんじゃないかという気がしてまた男を見つめた。本当に小さいね、こんなに小さいんだからあなたはうまく隠れられるはず。全部の道を歩き、いちばん隠れやすいところに私を引っ張っていって、ゆっくり私の体に入ってきて隠れていられるよね。私たちは毎日質問をし、すべての路地を歩き、知らない角を曲がってみたりしていつかは本当に隠れ場所を見つけられるだろう。隠れようとしていたのか、何をしようとしていたのかもわからなかったが、小さくなった人は目をぱちぱちさせていた。

見知らぬところは怖かったけど、何が起きようと男をどこかに、私の体のどこかに隠しちゃうんだからという意志によって意味なく恐怖に耐える時間を過ごした。隠れやすい家で隠れやすい体になって、楽に隠れられるように小さくなった男を抱いていた。あなたはほんとに動物の仔みたいと小さくささやいた。男は子犬みたいにうずくまったまま体をそっと動かした。未来のことを尋ねないのは、これが未来だと知っているからだ。地面の中だろうと行き止まりの路地だろうと路地の中の白い家だろうと、忍び込んで体を小さく丸めよう。そうすれば洪水とテロと放射能をよけられるだろう。放射能は目に見えず味も色も匂いもないけど、私たちがこうやってさまよっていれば避けられるだろう。子犬みたいな人の小さい背中に頭をくっつけた。

小さな部屋のドアにもたれてちらっと眠ると、人々がざわざわ話している夢を見た。夢の中の人々は何かが起きたといってざわめいていた。私は不安で目が覚め、周囲を見回した。膝の上の男は私を見ており、彼の表情は、何があったの？　と尋ねており、箱が積まれた空き家は相変わらず空き家だった。男を抱いて空き家を出た。

私たちは来た道をゆっくり歩いて戻ってきたが、いくつかの家が消えて空き地ができ、そこにはブランコとすべり台があった。これは、この空き地は、今日の風景ではないみたい。日本料理店は今もあったが、私たちはお昼だか夕ごはんだかその二つのどっちでもない食事をそこですることにした。私とあなたはカレーを食べることにし、食堂の中を眺めた。昨日は男の体が小さくなり、レースでできたカーテンがあり、店の中は繊細さとかわいさでいっぱいだった。古里《コリ》原発*1では事故が起き、人々は釜山を第二の都市だというが、原発は釜山にもあるんだ海雲台《ヘウンデ》*2のすぐそばに。一年前には福島第一原子力発電所で爆発事故が起き、このことは過去現在未来すべての時制を包括し、そのことを話してくれた男の体が小さくなったのは偶然で、その他にも多くのことが偶然に起きたのだが、その多くに入るのは何だろうか。もう私は偶然という言葉を使わないことにしようと誓いながら歩く。ソウルのすべての日本料理店は本当に観光記念の絵葉書みたいで、そういう場所が実際にあることは明らかだが、遠くかすんでいるばかり。何を記念しようというのだか、実際にあることがはっきりしている繊細さとかわいさ、端正で鮮やかな色のキモノ、無

*1　釜山にある韓国で最も古い原子力発電所。
*2　古くから景勝地として有名な釜山のビーチ。国際高級リゾート地として定評がある。

駄のない編集の雑誌と本、それらが置いてあるすべてのテーブルと椅子と店、その住所と座るところ、空間と腕をのせるところ、そういうものたちは日本ではなく、遠い遠い別のどこかにあるみたいだった。日本という場所ではないが、日本ではなく他のどこでもなく。私は口に含んだ水を男の口に流し込んでやった。カップはすごく大きいよね。あなたには持ちにくいよね？　男は息を切らせて水を飲んだ。店主がカレーをテーブルの上に置いてくれて、私はあたふたと食べ、ふーふーと吹いてカレーを冷ましてから、彼に食べさせてやり、彼はあっ、熱っ、と叫んで驚き、ふーふーと吹き、そうやってみるとカレーは冷めたので私たちはちょっと楽にカレーを食べ、スプーンを置いてまわりを見回すとそこは繊細でかわいく、レースのカーテンがあり、無駄がなく端正なテーブルクロスとそれに似合う白い皿と木でできたスプーンとガラスのコップ。

男がナプキンを持って広げたが、顔を隠してもすごく余った。お皿はすぐに空き、食べ終わった？　食べ終わった、と私たちは水を飲んだ。私たちは支払いをして立ち上がり、食堂を出てまた歩いた。男は私の首を抱いたままで私の肩に座っており、私は肩に触れる男の足をトントンたたきながら歩いた。家に着くと青い色の看板のスーパーはまた元の場所に戻っていて、私はスーパーでチーズが入ったクラッカーを買い、牛乳も買った。私はクラッカーと牛乳を捨て、男だけをぎゅーっと抱きしめて、来た道を走って引き返したくなった。手に持ったビニール袋を見て、これはすぐに捨てられる、捨てて走っていけると思った。

暗いところがあり明るいところもあった部屋は全部暗い部屋になり、私たちは一緒に入浴して大きなタオルで体を巻いたまま出てきて、もう敷いてある布団の上に横になる。一日が終わっていくね。私たちは今日も質問をし、路地を歩いた。私たちを包んでいるのは大きなバスタオルで、敷き布団は乾燥して布団はふかふかで空気は平和だ。私はがまんできずにまた聞く。昨日、何かあったんだよね。あなたが小さくなって私はそのままで、私はそのことをよく知っているけど、まるでそれが私のやるべきことであるみたいでがまんできずにまた聞いた。小さくなった人はゆっくり私の肩まで這い上がってきて、濡れている私の髪の毛を引っ張るいたずらをしながら話してくれた。昨日は古里原発の事故があったけど、関係者はその事故を一か月も隠していたから、つまり厳密にいうならそれは昨日起きたことじゃなくて、昨日知らされたことで、古里原発っていうのは釜山にある、釜山にはすごく大きい、新世界《シンセゲ》百貨店みたいに大きくて明るい古里原発があるんだ、とにかくそれより一年ぐらい前には日本で大きな地震が起き、地震が起きたのは東北・関東地方で、続いて津波が到達し、続いて福島第一原子力発電所で爆発が起き、当然だというように福島原子力発電所のシステムは崩壊した。私はそれを知っているが、私がそれを知っている理由はついさっきあなたに聞いて聞いてまた聞いて、それに続くあなたの答えを聞いたから。あなたがそれを知っている理由もまた、私が聞いて聞いて聞いたから！　そして、そして、まだ何かあったっけ？　男はそれについてならすごく言いたいことがいっぱいあるという表情をしていた。「昨日はね……」と口を開いて何か言おうとして、なぜかすぐにやめてしまった。男はそんな表情をして、男の右側の背景には、言いたいことがいっぱいある！　と叫ぶ吹き出しが浮かんで消えた。私は男の表情と遠くに出たり消えたりする男の言葉を見、大きなタオルで男を抱いている私をぎゅーっと巻いてはほどいた。男は小さく声を上げ、私はくすくす笑った。

昨日、とても多くのことが起き、今日、私たちはいろんなことをした。それよりももっと前にもすごく多くのことが起き、だからこれからもとても多くのことがあると、私は自然とそう思うようになる。周囲をうかがってみたが私は息をしており、自分の体の上の男も私の胸の上で私の息に合わせて上下している。あなたは私の体と仲良くなった？　私の胸がどんなに大きく見える？　男と私はお互いをちょっと撫で、ちょっと噛み、男の体は小さいから、ちょっとだけ噛んでも全体を噛むことになり、私は自分の不注意に気づき、私たちはまた抱き合ってじっとしている。男は眠そうな表情をして。そして男は眠り、男はいつも、私より常に先に眠り、それはどうして？　と私はもう眠っている男に聞くが、この答えは今は聞けないね。なぜだか後になっても答えを聞けない質問で、永遠に答えがわからなくてもいい質問なのだ。答えはたくさんあるかもしれないが、ときにはなくてもよくて、私はあなたがいつも、常に先に眠ってもその理由がすごく気にはならないだろう。そして私も当然のことのように眠りに入り、あなたが胸を噛んだらそれをサインと思って目が覚めるかもしれない。そんなことをささやきながらタオルをとって椅子にかけ、布団をかけた。

昨日は男の体が小さくなり、古里原発で起きた事故が明らかになり、それより一年ぐらい前には四月に雪が降り、日本では大きな地震が起き、地震の後には津波が押し寄せてきて、その後に起きたことは何か。ときどき日本料理店が博物館のように見えてきて、もしかしたら博物館に間違いないんですよね。絵葉書とか、博物館とか、パンフレットといったものたち。日本料理店が絵葉書みたいなら、その絵葉書で壁を埋めてみようか。壁に絵葉書を貼って、貼って、また貼ってみようか。絵葉書で埋まった壁は絵葉書で埋められた壁という意味だけだ。それでも続けてみようか。それが何なのか、後悔しようが感動しようが、絵葉書を貼りつづけてみようか。そうやってみんなの隠れやすい場所を作り、そこに隠れ、息を殺して祈るうちに、私はまるでこれらのすべてを知っていたみたいに、みんなを隠してやるのにちょうどいい体になってしまった。私と男がよく知っているのは昨日起きたことと今朝のこと。私たちは毎日午後に、過ぎたことについて質問し、答え、明るいか暗い部屋の中に座っていたり寝たりしている。それは私たちの未来を語ってくれるし、私たちはまた隠れやすいところに向かってさまようことにする。その後も私たちには多くのことが起きたけれども……

　私は寝床について振り向き、先に眠った人を眺め、あなたはなぜいつも先に寝るんだろうと考えているうちに眠る。次の午後にも私たちは昨日起きたことについて問い、家を出るだろう。歩くだろう。右足を先に出して。でなければ左足を先に出して。いや、また右足か左足かを出して。

暗い夜に向かってゆらゆらと

釜山駅から釜山タワーが見えるか、そうではないか。見えるようでもあるし、そうでもないようでもあるし、そういえば霧の中に立っている釜山タワーを釜山駅前で見たようでもあるけど、それはいつだっけ？　本当に見たの？　と聞かれたら自信はなかった。あることははっきりと思い出せる。釜山駅を過ぎて中央洞《チュンアンドン》一帯の路地で振り向くと見えていた釜山タワー。南浦洞《ナムポドン》からも釜山タワーは見えて、そのことも思い出す。釜山駅前から釜山タワーが見えるのかというと、見たようでもあるし、見えるだろうとも思うけど、しっかり見たことはないから見えるとはいえないよね！　と結論を下すと、見えないはずないじゃん、そうはいってもタワーなんだし高台にあるし、それほど遠くもないのにという気もしてきて、そんなふうにして何度も、そうかな――違うかな――そうかな――違うかなと考えた。あるときは釜山タワーの形もおぼろげだったが、よくよく考えてみると、あるときじゃなくていつもじゃなかったかな。そもそもタワーというものは、エッフェル塔やピサの斜塔なんかじゃない以上、見たからといってああ、これこれこういう形だよねと思い出せるようなものではなかった。どこのどのタワーでも普通はそうだろう。タワーを描けという宿題をやってきた子供たちなら覚えているかな。明確なタワーの形はどのようなものか。そんな宿題を出す学校は釜山には全然なさそうだけど。何となく、外国、ドイツなんかだったらそんな宿題を出しそうな気がする。もう一度考えてみると、毎日釜山タワーを見ている子供たちもなぜかタワーの形なんかよく知らなそうな気がするし、誰が釜山タワーはこんな形だったなあって憶えてやってるのかなあ。全然何でもないみたいに、すごく簡単に、誰もが描けたらいいのになあと願う気持ちになったけど途中で考えるのをやめた。

今になって、昼間に一度、釜山タワーに一度行ってみればよかったと思う。エスカレーターに乗って、または階段を上って、それでもなければ公園に向かう遊歩道を歩くんだ、釜山タワーを目指して。入場料を出してエレベーターに乗ると案内員が現在位置と高度を説明してくれて、すごく速いスピードで上っていくんだけど、実際にそのスピードをちゃんと感じることはできないままで、エレベーターから降りて窓ごしに入ってくる強い日差しにまぶしそうな顔をするのもよかっただろうな。それでもなければ雨の降る午後、窓に雨だれがついていて、他の日には飲まないタワー内の売店で売っているコーヒーを飲みながら窓の外を見るのもよかっただろうな。窓辺からは匂いがするだろう。改めて考えてみると、昼間にタワーに行くのもよかっただろうな本当に。振り返れば私はどうしても夜景というものが見たくて仕方ないわけでもなかったのに、なぜだかあそこにはいつも夜に行ってたので、エレベーターのドアが開くとオレンジ色の明かりが窓一面に見えた。だからタワーの形を正確に思い出せないのだろうか。描けそうなのに、何だかぼんやりした感じだった。何だかぼんやりした感じ。白っぽくてとらえどころのない形。そんなことを毎晩考えた。眠りにつく前に心の中で、鉛筆を持って線を引くみたいにゆっくりと。

釜山タワーの形はいつもおぼろげだったが、内部はわりと鮮明だった。エレベーターに乗って、降りるとまず外がよく見える大きな窓があり、窓の下には銭湯のタイルみたいな大きさと色の、ただしそれよりはもうちょっと派手できらきらする感じのタイルが貼られた壁が見え、窓とタイルに沿って歩いていくと、その内部が円に近い多角形の空間なのがわかった。窓と窓の間の空いているところには、世界の他の場所にあるタワーたちの写真も額に入れてかけてある。どこのどういうタワーは何メートルで、いつ建てられてとか、そういうの。だけど何より鮮明なのは、大きな窓一面に見えるオレンジ色の明かりたち。こういうのをみんなは、私たちは、夜景と呼び、夜景はビルたちが作り出すものみたいでもあり、車たちが作り出すものみたいでもあり、その両方だったのだろうけど、釜山タワーはいつもそれでいっぱいだった。釜山タワーの窓から夜景が見えるのもそうだし、夜の釜山タワー自体も夜の中で輝いていた。ふと見回してタワーを見て、あー光ってるなと一人言を言い、あそこに上ったらもっときらきらしたのが見られるんだろうなと思った。そんないくつかの記憶が写真のように残ってて、釜山タワーの姿を思い描こうとすると釜山タワーの形よりも先にそれが思い出された。

エレベーターは、降りた階からもう一階分上がってから乗るのだが、そこにアイスクリームとコーヒーを売る小さな売店があった。窓のところに立ってきらきらする朱色の明かりを眺めていると、ああ、あそこはどこだろう　遠くてわかんないなあ　と感じるけれども、ちょっと頭を上げるとそこがどこなのか示す地名が出ている。タワー内の窓ごとにその窓から見える場所が書いてある、例えば釜山港旅客ターミナルとか、釜山駅とか、そんなのだ。ここまで考えてくると、タワーからは釜山駅が見えて当然で、釜山駅からタワーが見えるのも明らかに当然だろう。単に私が見たことがないので、そうかなあと思うだけだった。後になって私は、自分が釜山タワーに対して抱いていたいくつかの確信できなさはあまりに単純で簡単明瞭だったとわかるようになったが、それらが全部わかるだけの時間が過ぎたからといって変わることはなかった。ただ黙って思い描き、それを途中でやめただけのことだった。結局のところはだ。

「釜山タワーって結構変な形だけどなあ?」

「そうですか?」

「うん、ぱっと見てもちょっと変だよ」

「ぱっと見たら……何かこう、突っ立ってる感じじゃないですか?　ただぬっと立ってて、てっぺんがちょっと尖ってたみたいで、中間にふくらんだところもあったみたいで、まあそんな感じ」

「違うよ。ほら、こんなのがついてるんだ、タワーに。変だよ。変な形なんだよやっぱり」

この話をしてくれたのは釜山タワーをくり返し描いていた人だが、その人は白髪混じりの短い髪でタートルネックのセーターとジーンズをよく着ている人だった。私たちはお互いに対して、何で釜山タワーを描いてるんだろうね、一人は手で、もう一人は頭の中で？　という疑問を持っており、二人ともさあどうしてだろうと首をかしげてため息をついた。釜山駅から釜山タワーが見えるでしょうかと聞いたとき、その人は、当然見えるだろ、何言ってんだいと言うと思ったら意外に、私が言いそうなことを答えた。

「さあねえ、当然見えるはずだけど、その場所から見たことはないみたいだなあ？　見たことないから何とも言えないね」。そして彼は再びスケッチブックの方へ向いた。釜山タワーを描いた。

釜山タワーを描く人たちはその後もさらに何人も見た。釜山タワーを撮る人たちも見たし、映画を作る人たちは二、三人見た。古里《コリ》原発の事故以後、多くの人たちが釜山を出たり韓国を離れ、けれども他の人たちはそのまま、住んでいたところで暮らすしかなかった。高層ビルは順番を決めて、夜間に照明をつけないようになったというべきか照明を消すことにしたというべきか、とにかくそうなったが、それはちょっと変なことだった。事故後に輝く夜景なんかを見ると、ああ、私たちって、あんなもののためだったんですか、ああ、あんなもののために？　とため息をついたり問いかけたりするようになり、それはすごく苦々しい思いを抱かせ首を振って否定したくなるようなことでもあったが、しかしある人たちは、ああいうもののためだったんですよ　まさにああいうもののためだったんです　ああいうのがよかったんですよ　比べものにならないくらいよかったんです　と言った。あれよりもっときらきらできるんだったら、そのためにもっともっと、何かもっともっとやったでしょう。それを、やること、っていえるのかどうか、やるというのが合っていそうにも思えないが、まあ、夜を昼間みたいに明るくしておくために何かを流したり止めたりするなんて笑っちゃいそうなことだけど、それはそれとしてありそうなことって気はしますねと言った。その人はとても疲れて寒そうで、その話をするために残った力をようやく振り絞っているように見えた。かさかさに乾いた唇の端は白っぽくひび割れていた。大きな会社やデパートは夜の照明の規模を落としたり、順番を決めて電気をつける日を決め、ニュースでは服を重ね着することで暖房器具の使用を抑えようと言っていた。それらのことを流してきた電光掲示板は日曜日には使用を停止することになった。釜山市が運営する釜山タワーは、タワーがきらきら光るせいか、釜山からきらきらするものが消えつつあるせいか、または予算の問題があったのか、当分のあいだ閉鎖することになった。私はそれをニュースではなく釜山タワーを描いている人たちから聞いたのだが、その人は、そういうことはニュースにも出ないと言った。何というか、タワーをわざわざ壊すぐらいのことにならないとニュースには出ないんだろう。私たちはとても忙しく、力を振り絞るしかないようだった。

　事故後、釜山タワーの営業が縮小され、無期限営業中止が決定されると、なぜだかそれをくり返し描きつづける人々、描いて描いて描きまくる人々、または描こうとする人々が、現れたというべきか生まれたというべきか、とにかくそうなり、私はそんなことはできないのでじっと座って、釜山タワーはどんな形だったっけ、釜山に住んでいる他の人たちは全員、釜山タワーといわれればすぐに何らかの形が頭の中に描かれるんだろうかと考え、また釜山タワーを描く人たちのことを思い出したりしていた。釜山タワーを描く人たちはタワーが見える階段に座ってスケッチブックを膝にのせ、タワーを見て、絵を見て、それを反復し、線を描いては消し、また描いていた。階段の上には靴修理店の仮設店舗みたいなものが二つあり、一つは紙コップ入りのコーヒーやゆず茶を作って売るところで、もう一つは日本の文庫本を持ってきて売っているところで、本の大部分は古本だった。コーヒー店には小さな看板があり、コーヒーカップの形の黒いステッカーが貼ってあった。釜山タワーを描く人たちは、私はエッフェル塔にもヨーロッパのどこの街にも足を踏み入れたことがないが、何となくエッフェル塔とか教会、美術館の前に陣取って絵を描いて売っている人たちみたいで、四、五人で並んで座って釜山タワーを描きつづけていた。それからタバコを吸い、靴修理店みたいなコーヒー屋に行って紙コップコーヒーを買って飲む。ある人は写真を撮ったりもしていたが、その人は遠くから近くから釜山タワーを何度となく撮っていた。そうやって釜山タワーを描く人々の一部は、釜山タワー営業再開活動をしている人々だったが、私たちには慰めが必要ですからね、釜山タワーは釜山のシンボルの一つです、失意に沈む人々に釜山タワーは小さな慰めを与えてくれるでしょう、という話をしていた。何の助けにもならず、むしろ害になりそうに見えるものたちが私たちを慰め励ましてくれるのです、と。ある人

ンたちはまさにそれと同じ理由から、釜山タワーや海雲台《ヘウンデ》の高層ビル群は、ソウルの63ビルディングや南山《ナムサン》タワー、それから、それからと続く多くのものは明かりを消すべきだと言っており、事実、釜山タワーであれ何であれ、いくつかのビルの使用電力が電力不足という全体状況に多大な影響を及ぼすことはありません　しかし私たちみんながきわめて悪い状態にあることを絶対に忘れてはいけません　明るい夜景を見て　ああ　だけどきれいだなあと思ったりして　起きたことから顔を背けてはいけません　足元のひびが入ったガラスを隠してはいけません　私たちはその上に立っているのですと言っていたのだが。釜山タワーを描く人たちは、この二つのうちどちらの意見を持っている人であれ、何の意見もない人であれ、釜山タワーをくり返し描いているのは同じだった。そしてまたひたすら描くのだった。私が見たことがないだけかもしれないが、油絵の具を使ったり水彩画を描いたりする人はまだいなくて、みんな鉛筆か黒いペンで釜山タワーをくり返し描いて、描いて、また描いていた。黒や灰色の釜山タワーが、罫線の入った白い紙のノートや新聞の角、領収証の切れ端に大小さまざまな大きさで現れ、重なっては消えていった。そしてまた現れた。釜山タワー、巨きな釜山タワー　ビルの間から遠くに見える釜山タワー　点みたいに小さな釜山タワー　海のむこうの釜山タワー　何十、何百個の釜山タワーが重なってはくり返され、ページをめくられてはまた現れた。現れては重なり、ページをめくってもまたくり返された。

釜山タワーを描く人たちの中で私がいちばん仲が良かったのは釜山タワー自身なんだけど、今でもこれを何と呼ぶべきか考えてみるが途中までしか考えられない。途中までしか考えられないことはこれ以外にもいっぱいあるが、これほど難儀したことはなかった。釜山タワーに会うことになったのは、釜山タワーを描く人々が現れはじめたころだった。釜山タワーの営業を当分の間中止することになったそのころといってもいいが、ほんとはどういってもいいし別にどうでもいいみたいで、何といったところでちょっと変だから、ある冬のことといった方がましだろう。

そのとき私はいつものようにベッドに横になって、あんな、こんな、いろんなことを考え、また釜山タワーのことを考えていたが、そのときまで私の横で眠っていた猫が起きて前足を長々と上に伸ばして私をびっくりさせ、また布団の中に入っていくと、猫が前足を伸ばしたところに猫と同じ大きさの釜山タワーが立っていた。それは実物そっくりにコンクリートでできていて、何がどうこうしていろいろあって実物が現れたというのではなく、すごくそれらしい形のものがもう立っていた。私は布団を持ち上げて猫の名前を呼んでみたがあの子は黙っており、私は指で目の前に見える釜山タワーの形をなぞって描いてみたが、てっぺんからスタートして指が下まで来たときタワーの形は消えていて、なかった。目をつぶって布団を頭までかぶってから、何だろこれ、何なんだろと考え、指を握りしめて、さっきのあれは何だったんだ、何だったんだとまた考え、ゆっくりと呼吸を整えてから、指でなぞって描いてみた釜山タワーをまた頭の中に思い浮かべてみると、前よりははっきりしたようだったが、二度、三度と思い浮かべてみようとすると最初のようにはっきりとは出てこなくて、まだぼやっとしていた。すると急に、使っていた枕がするーっと頭から抜けていき、さっき猫が前足を伸ばしていた場所に行ったかと思うと枕の大きさの釜山タワーの形になり、猫が作り出した釜山タワーと枕が作ったタワーはどちらも、実物というよりはその形態といった方が近かったが、すごく精密で微妙で、猫が作ったタワーはちょっと猫っぽく、枕が作ったタワーは枕っぽかった。枕は任務が終わったのか、私が怖がって布団の中に頭を突っ込むと、抜け出していったときと同じようにまたするーっとベッドに戻ってきた。さっきいたそこに。

一週間に二、三度こういうことがくり返され、本や人形、または鍋ややかんがタワーになることもあったが、ほとんどの場合は猫がタワーになり、いつの日だったか猫がタワーになるために前足を伸ばしたとき私は猫の両前足をつかんで、まだだめ！　と止めたのだが。猫は瞬間的に前足を振りほどき、私の膝に来て寄りかかり、タワーはタワーのままでしゃべりはじめた。タワーは自分のことをいっぱいしゃべり、タワーを見ながらその話を聞いたのに、布団をかぶって横になるといろんなことがぼやっとしていくばかりで、すると猫がまた前足を伸ばそうとし、私は猫が作ったタワーをじっと見守ってもいたのだが、二回に一回は猫の前足をつかんで離さなかったのに、もがきまわる猫に勝てなくて手を離したりした。手足に爪で引っかかれた跡がいくつもできた。寝ようとして横になると塗り薬の匂いがした。

そういうときはいつも横になってみるとタワーの姿がだんだんぼやけていき、私はタワーの形をまた頭の中で思い描こうと努めながら寝入った。

　事故以前に比べ確実に暗くなった道を歩くと、そうだな、何かで照らした方がいいかもという気がしたが途中でやめた。暗い道は人を怯えさせ、ときには道端のゴミ箱なんかが釜山タワーになることもあった。釜山タワーは猫の形態に変わってのそりのそりと、全然猫らしくなく、まるで動物園のライオンやトラの歩き方で、あるときは本当にライオンになって私より少しだけ低いところに視線を据えて歩いており、何だこれとは思ったがただもう一緒に歩いた。時間というものはときどきすごく変で、どこから始めるかによってもう経験した過去が未来みたいに感じられることもあるし、来ていない未来がすごくありがちで退屈なことに感じられもする。三十年とか四十年前にはSF小説を書くとき、最初の数字が二で始まる年代になったら、想像もつかないことが起きると思っていたのだろうけど、それらの小説では本当にものすごいことが起きるせいなのか、過ぎてしまった二千〇年や二千×年、そして二千△年といったものは過去のようではなく、怖さとか驚きとか、ひょっとしたら楽しさなんかのせいで、何だか目を開けては見ていられない未来みたいに思えるのだ。事故が起きた古里原発一号機は一九七七年に建てられ、すでに過ぎてしまった二〇〇七年に設計当初三十年と決められていた寿命が尽きて以来、しばらく操業を中断していたが、こういうことはSFでもなく、ニュースでもなく、事実というべきか、何らかの事故、程度なんだろうけど、一九七七年という時点に立っていうなら、一九七七年という時点は、

科学だ　未来だ　エネルギーだ　発展だ　開発だ　先進国だといったものたちが作り出した明るい雰囲気みたいなものに包まれており、私たちが昔とかあのころとか呼ぶような過去、みたいでは全然なかった。だけどそこはまぶしすぎて何が何だかわからず、長続きするはずもなく、たぶん私が隣にいる人たちとみんな一緒に手をつなぎ、未来のリズムに身をまかせることができたなら、まぶしい場所ではじける笑いとともに生きることもできたのだろう。まばゆい未来とともにある一九七七年でだ。それよりもうちょっとリアリティのある未来といったら二〇〇七年だが、あのとき本当に再稼働せず中止してしまっていたら、私は暗い路地をライオンと歩かなくてもよかったはずだよね？　ライオンと歩くこと自体は悪くなかったけど。私が生きられたはずの二〇〇七年という未来は事故以前の生活そのままだろう。みんなここからどこへも行かず、私たちは死なない。そのありさまはごく平凡で、どうってこともなかったが、二〇〇七年という時点に立って見た未来はとても生き生きしており、すっと盗んでポケットに入れたかった。

それはそうとにかくあのライオンは、たてがみのあるおすライオンではなくめすライオンだったのだが、家に入るときに見ると私の二、三歩後ろで、私が玄関のドアを開けてちゃんと入っていけるか見守ってくれていた。部屋のドアを開けると待っていたように猫がベッドの上でジャンプして歴代最高に高いタワーを作り出した。私に前足をつかまえられるのが嫌だったんだな。

私が、釜山タワーの形はどんなだったっけとしょっちゅう考えていたから釜山タワーが私の前に現れたのか、または、それはもう決められたことでたまたま私の前に現れたのかはわからないが、一度現れたタワーは消えず、なくならず、むしろときどきふくらんだりもした。あるときはあの日のめすライオンのように他の何かになってのっそりと私の後をついてきた。考えようによっては、都市が暗くなったからだんだん変なものが出てくるんだろうか、変としか言いようのないものが出てこられるようになったのかもという気がして、そんな気がするときにはカーテンをおろして玄関の電気を消してちょっと寝た。だからといって何かがすごく違うわけではなかったが、確かに暗い路地や通りを歩くときにはめすライオンが出てきて一緒に歩き、ある日は犬がわんわん吠えながら飛び出して、路地の突き当たりで私たちを待っていてそのまま釜山タワーになったこともあった。私の肩の上には初めて見る鳥がとまって飛んでいった。それは童話に出てきそうな鮮やかな青い色の鳥だった。私を追ってくるのは動物と釜山タワーだけではなく、他に何がいたかというと笛、笛と太鼓、それからピアノ、ピアノとトランペットといったものたちだった。太鼓をたたいている制服を着たクマを見た翌日は、明るくなるとすぐに人に会いたくて外を出歩いたのだが、目ぼしい人には会えず、人がいないみたいと思いながら、おなかがすごくすいてへとへとになるまで歩いて疲れて家に帰ってきた。ところで太鼓をたたくクマだの青い鳥だの、目に見えるこれらのものは私が作り出したものなのか、私は自分の無意識をあざ笑うべきなのか喜ぶべきなのかとちょっと考えていって途中でやめた。家に帰ってくると相変わらず釜山タワーが立っており、私は入浴して横になった。

「あなたはいくつあるの？」

「一個だよ、一個」

「そうなの？」

「あそこに立ってる一個だけだよ」

「一個なんだ」

「つまり、今の、この自分は、絵なんだ。写真みたいなやつだよ」

「他の人のところにも出るの？」


また消えた。

それがすごく面白いとか好きだったとはいえなかったが、明るい場所だから面白いというわけではなかったので、夜になるとライオンと一緒に散歩した。ライオンと一緒に歩いていると道端のたくさんのものが返事してきたが、ある電信柱は長い棒切れになり、棒高跳びをした。跳ぶ人は見えず、走り出す音と動く風と、棒になった電信柱が路地の中のある地点に突っ張ってからまた地面に落ちるのを見た。人々が去って空き家になった家からはもっとたくさんのものたちが返事をし、太鼓をたたくクマを鍋や食器が追いかけてきた。ライオンはいつも私と似たように歩き、初めはライオンが私の歩調に合わせているようだったが、時間が過ぎてみると私もライオンのようにちょっとのそのそ歩いていた。そうして家に帰ってくると、タワーになった猫はまた猫になって布団の中に寝ており、タワーは私が眠るまで自分の話をする……

「釜山駅から私が見えるか見えないかって、そんなレベルの話じゃないよ。私が立っているところからは対馬まで見えるんだから。もちろん対馬からも私が見えるのかっていうと、それはまたちょっと違う話だけど。今日はあちこち歩き回ったんでしょ？　それでこんなに早く寝るのか。私にはほんとにたくさん、ほんとに長い話があるんだけど。私が会った人たちはすごい人たちだったのに。本当に珍しいものが来ることもあるのに。もう寝ちゃうんだ、こんなにすぐ？」

私の部屋以外の明るいところでは釜山タワーは現れなくて。釜山タワーやめすライオンがおばけや幽霊だとは思わなかったが、とはいえめすライオンは単にめすライオンと見えたので、動物園や警察に通報する気には全くならなかった。それは、とある、変なものだった。そう思っていた。私には何もよくわかってないけど、私の後ろを鍋が、たらいが追っかけてくるのを、シャーマンとか、シャーマンではなくとも長生きをしたおばあさんたちが見たら、何かすごいことが起きてうまくやっているみたいだとわかると思う。夜になると変なものが押し寄せてきて、やるべきことをやっているという、そういうことをだ。海雲台区全体に避難命令が下ったそうだが、海雲台に家を買ったよその人たちはまたそこを売ろうとして釜山に降りてきたのだろうか。もともと住んでいた人たちはもう追い出され、その数は思ったより多くなかったそうだ。草梁《チョリャン》駅近くのつぶれてしまった予備校の屋上に上り、遠いところを見て時間をつぶした。真昼なので日差しで目がまぶしかった。古いビルたちが、はがれたコンクリートが、低く、さらにちょっと低く背中合わせになっていた。あの青いビルには「船員募集、前払い可能」と書かれている。私はそれを知っている。あの空きビルを知っている。黙って背を向けて座っていると、またペンキのはがれたビルがみすぼらしく並んでいた。私はこれから、働くだろう。仕事をうまくこなせるだろう。与えられた仕事を、笑いながら、それらしくやってのけることができるだろう。そうなるだろう。働いてお金を稼ぎ、自分の部屋を持つだろう。私の部屋にはベッドとテーブルがあるだろう。カーテンがあるだろう。そしてその部屋で私はコーヒーを飲むだろう。コーヒーをきっと飲むだろう。それは私の手に入るだろうとそうささやいている私の声が聞こえる。その声は強力で、それを証明するためならこのビルを壊すこともできそうだった。私がジャンプしたらビルはだんだんひびが入って壊れ、私はその残骸をかき分けて歩いて出てくるだろう。大きく息を吸って、吐いて、それを何度もやって屋上から降りてきた。ビルの入り口から屋上までは一人で上れる鉄の階段がついていたが、それはカンカン音を立てた。どんなはきものをはいて行ってもカンカン音がした。

釜山駅に来るとすぐに、釜山タワーを訪ねることを忘れてしまって。自分でも本当に納得いかないほど、あっさり忘れてしまって。私は駅の中のベンチに座り、遠くに見える海を眺めた。まだコンテナはそのまま積まれており、巨大な船たちが停泊しているのが見えた。海があり、海と同じ色のコンテナ群が積んであり、巨大な船があり、その様子は何となく一九七七年に足をかけてふんぞり返っているみたいで、未来だ　発展だ　貿易だ　輸出だという先進国のリズムを感じさせてくれたが、なぜか最近は以前ほどには生き生きとしていなかった。

「何か動いてますね」

振り向くと、やせて背の高い男が自分の両手で眠そうな顔をこすっていた。

「何がですか？」

男は私の隣に来て座り、ちょっと待ってというジェスチャーをした。ズボンのポケットを探り、コートのポケットを探り、それでも出てこなかったのか、またコートの内ポケットとカーディガンのポケットを探した。

「私、最近、それについて考えてるんですけどね。後で会ったら必ず見せてあげますよ」

「何ですか？」

「植物です」

「植物ですか？」

「ええ、植物です」

「植物が動くんですか？」

「ええ、知り合いに科学者がいましてね。その方にも助けてもらって、自分でもいろいろ調べてみたら、植物は人間が想像する以上に再生能力が優れているんです。生態系全体がそうだといえます。もちろんみんなよく知らないでしょうけどね。汚染された土壌でも、三世代過ぎたら、本来のきれいなところで生きていた植物と変わりない状態に、完全に自分で再生するんです。みんなこのごろ何でもかんでもひどく心配するじゃないですか？　私がお話ししてるのはチェルノブイリでの調査研究結果なんですがね。チェルノブイリの植物たちも三世代過ぎたら以前と変わりなく、たとえ事故直後に奇形が現れたとしても、三世代過ぎたら完全に回復することがわかったんですよ。私は最近、そのことについて文章を書いてみようかと思ってるんだけど。すごく面白いんじゃないかと思ってね。それは植物たち、ひいては人間たちにも関係ある事実だと、そういうことをです。生命の持っている大きな力と再生能力、そういったことについてね」。

動く植物から始まった男の話は、生命とはすべてのものがつながっているという話に流れていき、それを示すためのある公式か何かを言った。話していって私の顔を見、私のノートを持っていって公式を書いてくれた。私の知らない公式だった。私たちはまた会うことになるかもしれない。私はここに来るだろうし、また来るだろうし、そしてまた来るしかないだろう。私は拒絶せず、草を見に行こうと言えば行き、草むしりに行こうと言えば行くだろう。その人は私のノートに自分の家の住所を書いてくれた。貴金属店の入ったビルの二階だった。

釜山駅から釜山タワーが見えるか、そうではないか、ときどきその問題を考えた。長い間ときどき、その問題を考えた。見えないはずがないが、その場所に立ってそれを見たことがないから見えるといえるのかどうか、でも見えないはずはないのだが、と考えの堂々巡りは続いた。その問題にどのような方面からでも答えづらくなったのは、私が釜山タワーに会いはじめた後というべきか、釜山タワーが私の前に現れた以後というべきなのか、とにかくそれからあんまり時間が経ってはいないころだった。昼には寝ていてときどき起きて道を歩き、夜にも寝ていてときどき起きて散歩した。夜の散歩には必ずめすライオンが出てきて一緒に行き、あるときにはすごい大群が私についてきた。普通、めすライオンと私は並んで暗い通りを歩いた。ときどき釜山タワーが現れた。釜山タワーの姿でということだ。釜山タワーはどんなふうだったっけ、それってどんな形だったっけと、どうして私はそんなことをずっと考えていたのだろう、目を閉じれば思い浮かぶようになりたくて？　そうかもしれないな。

ある夜ふと、それなら実際の釜山タワーに行ってみようという考えに至り、私はやかましいものたちをしっぽのように引きずって道を歩いていった。古い通りには空き家が見え、古いビルには明かりがついてない。私はめすライオンと釜山タワーを目指して歩き、鍋と釜、たらいが後ろについてきて、太鼓をたたくクマたちと色紙がきらきらし、犬たちはその間を縫って走り回った。釜山タワーに——もう一度——本当に——会おう——会えないわけは——ない——本当に会おう。そんな歌を歌うとなぜか、本当に何でもないことを一生けんめいやってるなあという気がする。

しばらく歩いて釜山タワーに向かうエスカレーターに体を乗せ、後からついてくるすべてのものたちは後からついてきて、めすライオンは体が大きいので隣の階段をのしのしと上った。公園に到着して上を見上げ、では釜山タワーが本当にどんな形をしていたか、それをしっかり見ようと私は誓って頭をまっすぐ向けた。おかしいな。釜山タワーがあるべきところには何もなく、私の一行はざわついた。めすライオンはすばやく周囲を見回してくれたが、そんなことをしてくれなくても、釜山タワーくらい高いものがないことは確実だった。

釜山タワーはなく、私と私のみんなたちは何もやることがなく、ただちょっと走り回ってまた降りてきた。釜山タワーはどこへ行ったのか、いつ消えたのか。誰が釜山タワーを売り飛ばしたのか。エスカレーターに乗って降りてきて、暗い、空っぽの街を歩きはじめた。街はすぐに賑やかになり、何となくみんながさっきまでより楽しそうに見えたが、しばらく時間が経ってからも私はときどき、釜山駅から釜山タワーが見えるか、そうではないかについてしばらく考え込んでしまうときがあり、あの日あのとき以後は見えてないと苦心の末に結論を下すことができるようになった。そんなわけで釜山タワーについて考えると、私の首は、いや見えないよ、と答えるようになった。そんなわけで、夜になるとタワーの方へ向かって首を上げ、手を振るようになった。

冬のまなざし

海満《ヘマン》からいちばん近い都市はK市だ。私はK市出身で、三年前に海満に来る直前までずっとそこで暮らしていた。ずっと。つまり私はK市で生まれそこで義務教育を終え、バスで一時間かかる近隣都市の大学に通っていたときさえK市から通学していた。本当にずっとK市で生きてきたといえる。だったのだが海満に来て以来、まるでここにいる間にK市に嫌気がさしたのでもあるみたいに、また絶対そうじゃないということもなく、家には帰らず、特に海満に来た最初の年は年に一度もK市に足を向けなかった。行くだけの理由はたくさんあったが、それが行かなきゃいけない理由に変わることはなかった。

ずっと忘れていたK市を思い出すことになったのは、いや、つまりK市というよりはK市の映画館とそこで過ごした時間を思い出すことになったのは、まあ特に理由があったわけではない。部屋をかたづけていて偶然、古いノートを発見したこと。忘れていた歌を聴く機会があり、その曲が過ぎ去ったある一瞬を思い起こさせる重要な音楽だったこと。何日か前、よくあるとはいえない名前を持った人に会い、その名前が私にとってある時間を象徴するものだったことも事実だが、それらのすべては何らかの偶然の一致だといえるだろうか。すべての時間を振り返る重要な偶然といえるだろうか。むしろ、そこには何の偶然もなかったというべきではないだろうか。すべては深いところに沈んでいると、いや、沈んでいたと、私はそう信じてきたのだと思う。そして今や、沈んでいたものが浮かび上がるときになり、しばらく浮き上がってはまた沈んだのだ。

K市には、とある映画館がある。その映画館は私が映画館という単語を思い浮かべるときに頭に思い描く、根源的な形の映画館だ。私にとって唯一の、初めての映画館なのだ。けれどもそこは、私が両親と手をつないで六歳のときに初めて行った映画館といったものではない。はるか遠くにあって、しかしはっきりと位置を占めた最初の記憶というわけじゃないのだ。それでもそこが最初の映画館である理由は、映画館という空間自体がどんな力を持っているかを初めて認知した場所だからだ。私がその映画館に初めて行ったのは十代後半のことで、私は一時期毎週その映画館に寄っていた。本当に毎週映画を見たのかもしれないし、まあ、ひょっとしたら映画館にちょっと寄ってただうろうろしてきただけのような気もする。

その映画館を説明するなら、私は映画館が建っている通りからスタートして、その向かいにある映画館まで頭の中で一歩ずつ後ずさりしなくてはならない。何十歩も後ずさりして眺めた映画館の位置はこうだった。二車線道路とブロック一区画を隔てて映画館二つが向かい合っている。道路沿いにある映画館は灰色の低いビルで、その反対側にある映画館は茶色でもう少し背の高いビルだ。もう少し遠くから見てみると、二車線道路とブロック二区画を隔てて三つの映画館が建っている。二つの映画館は互いに向かい合っており、もう一つの映画館は一つの映画館の裏にある。すなわち二車線道路の右側に映画館が二つ、左側に映画館が一つ建っているわけだ。そんな配置で映画館たちは建っていた。三つの映画館のうち映画を上映しているのは真ん中の映画館だ。その映画館がまさに私にとって唯一の映画館だった。K市の映画館について語るために後ずさりしなくてはならない理由は、あるときある街には映画館がたくさんあったが、それらはもうなく、私の唯一の映画館はK市の他の何人かの人にとっても唯一の映画館であることを言っておくべきだからだ。私は後ずさりしていた足を止め、真ん中の映画館に向かってまたゆっくりと歩いていく。そうやって私は真ん中の映画館に行ったのだ。もう映画を上映していない空っぽの映画館を、巡礼するように通り過ぎた後にだ。

映画館では季節と風が鮮明で、大きな窓から降り注ぐ秋の午後の火照るような日差しと、晩夏のわびしい風と長雨の始まりを私は察知することができた。しかし遠くから私を見たら、つまり映画館を眺めるように後ずさりして遠くから、椅子とテーブルと人々と一緒に私を見たら、私から私へと通り過ぎていった無数の瞬間を見届けることはできないだろう。身動きすることも表情もどこかへちょっとずつ置き忘れてきて、無表情にじっと座っている人みたいに見えるだろう。そんな顔で私は映画館で時間をつぶした。映画館の看板の前でしばらくうろうろし、夏を除いてはほとんど、袖が手の甲にかぶさるくらい丈が長くて大きい服に埋もれて身をすくめたまま、そして袖の中に手を引っ込めたまま、落とすみたいにしてお札を差し出して映画館に入場していた。袖が動いたみたいだったんじゃないかな？　袖だけが動いてお金を出したみたいに見えたはずだ。映画館の中ではいつもうんざりした表情で古着を着て立っていた。ときどき階段を上り下りすることもあり、コーヒーを飲むこともあった。袖からはうっすらと、土と倉庫の匂いが混じったような匂いがしていた。夏にはワンピースの首の部分から引き出しの匂いがすることもあった。まるで映画館の壁や椅子や壁紙や天井の照明、廊下の額なんかになりたがっているみたいに。

何日か前に部屋で見つけたノートの中の日記には、ある年の冬とそのとき出会った人について書いてある。それはたぶん冬の初めで、その冬のある日、私は韓国の監督が製作した、その年に注目されたドキュメンタリーを見ることになった。映画を見るためというよりはただ映画館で時間をつぶすのに近くて、習慣のように映画館に行ってその時間にやっている映画を見た。それがそのドキュメンタリーだった。その日は上映後に監督とのディスカッションの時間も用意されており、映画の挿入曲を歌っている、あまり有名ではないフォークシンガーのミニライブも予定されていた。

そのドキュメンタリーについてちょっと説明するならこうだ。

映画は三年前に釜山で起きたある事故に関するドキュメンタリーだった。三年前と口にしたり、三年前の春のある日づけを言ったりすると、みんなどことなく辛そうな表情になったり疲れた顔をしたり、うんざりという反応を見せた。そうか、あの話をするんだなという表情がいつも見られた。古里《コリ》核団地*1の正確な住所は釜山広域市機張《キジャン》郡長安《チャンアン》邑古里で、海雲台《ヘウンデ》とは約二十二キロ離れている。おそらく三年前のあの事件がなかったら、ニュースで聞いていた古里核団地というものと海雲台を結びつけて考えることはなかっただろう。古里核団地、もしくは古里発電所は、まあ何ていうか、ちょっとあれだから。つまりニュースに出てくる言葉みたいなもの、前政権の金融政策とか貿易指数とか、与野党決議案とか、そういう言葉。意味がわからなくて、わかってなくてはいけないらしいがずっとわからないままの、そんな言葉っていっぱいあるでしょう。私はそんな言葉ならいくらでも挙げられそうだと思っていたが、そのころも今も三、四個言ったら後が続かない。海雲台は鏡浦台《キョンポデ》*2とか駱山《ナクサン》*3とか、または西海岸のどこか大都市の繁華街みたいでもあるし、同時に慶州の雁鴨池《アナプチ》*4みたいな感じもした。私は、うん、そうだな、私もそうだったしと思いながら、海雲台から始まるドキュメンタリーをぼんやりした目で見ていった。

＊1　古里原子力発電所および隣接する新古里原子力発電所をまとめてこのように称する。
＊2　江陵市にある月見の名所として名高い史跡。
＊3　ソウル中心部を一望できる展望の名所。
＊4　新羅の王朝時代の王宮にあった池を再現した観光地。

映画は、監督を含め、海雲台で生まれ育った者たちが記憶している海雲台を描くところから始まった。何十年も前の海雲台ははるかに広かったそうだ、つまり砂浜が。そういうのを、すごくわかりやすい言い方では歩いても歩いてもきりがないと言うよね。海雲台で長く暮らしてきたという ある写真家は、学校から団体で、海雲台を掃除するために明け方、霧をかき分けて歩いたことを語った。大統領が来る日、子供たちは手をつないで明け方の道を歩く。掃除をしなきゃね。みんなで歩く。砂浜を歩く。いち、に、って。あの砂浜は何て長かったことか、行っても行っても終わりが見えなくて、おなかもすくし足も痛くて、すごく疲れたら休みながら、あたりにあるパラソルのついた売店で人工着色料がいっぱい入ったジュースを買って飲んだという。そうやって、午後になってやっと家に帰ってこられたんですよ。あの道は子供には本当に歩きづらくて、泣きたかった記憶が今も生々しいです。ウェスティン朝鮮ホテルもハイアットホテルも、パラダイスホテルやノボテルはもちろん、東横インやその他もろもろのホテルもなかったとき、霧のかかった浜辺、果てしなく広がる浜辺は寂しく心細く静かで何となく怖かったと、どこかで読んだことを思い出した。そのころの海雲台を私は知らないが。ずっと前の韓国映画たち、女が髪をスカーフで包み、後ろ姿を見せて歩いていき、男はそれを遠くから見ている、そんな映画の背景の海と似ているだろうなと考えてみて考えるのをやめた。そういう時間は過ぎ去って、海雲台にはあらゆるものが集まってきたが、あらゆるものとは何かというと、不動産投資家と富裕層とアジアで最大の大きなデパートと外国投資資本と住所がソウルにある大家たちと外食チェーンのレストランと映画館とカフェと、その他の何もかもひっくるめたすべて。そのころのことは私もぼんやり思い出せた。どこか座れるところを探して店に入ってパンを買いコーヒーを買い、窓の外を見ながら買ったものを口に持っていくと、まわりにいるのは外国人か標準語を話す人たちで、どういう人かというときれいな顔でいいものを着たり羽織ったりして、外国の話をしていた。私はそのときの感覚を覚えていた。でもあの海雲台はもう行けない場所になり、あのころの海雲台について話すことはまるで……まるでポンペイの話をするみたいな、豪華絢爛な絶頂期にあった何かが埋もれてしまった話をしているみたいな感じがした。

監督は、華やかだった海雲台について話し、そのとき自分が感じていた幻滅について友達と酒を飲みながら語っていた。監督は何度も、幻滅と言った。それは確かに幻滅です。他の言葉では言えません。海雲台には豊かじゃない人も大勢住んでたんです、いえ、普通の人たちですよ。そういう人たちがみんな立ちのきになったんです。それから彼はそれ以外のことについて話した。ホテルとデパートとマンション以外の海雲台について。例えばヨットレース場の近くにあった、小さな古い映画館。私はK市の映画館でこのドキュメンタリーを見ながら、ああ、あの古い映画館もまたそれなりに、海雲台の唯一の映画館だったんだろうなあと思った。上映室の前の椅子に座って窓の外を見ると遠くに海が見えたという。窓際に座って、海を見ながらカップラーメンを食べましたよ。たぶんみんな一度はそれをやったことがあると思います。その他に古い高架の下を歩くときの気分だとか、海と古いコンクリートの高架が同居している風景だとか、十代の暴走族がひっきりなしに壊していたバス待合室のガラスや夜の街燈。濡れた舗道と空気の間に広がっていた笑い声や悲鳴。古い家具屋街の独特の構造、外国人が珍しかったころの海雲台には何軒もなかった、外国人がよく行く路地のカフェやバー、安い屋台。いくらでも話せるあらゆる部分について彼は話した。すべての部分たち、路地たち、断面たち、付属物やインテリアについて。海雲台を構成していた、いや、それ自体として存在し、はっきりした線と濃い色彩で海雲台を描き出していたすべてのものについて。そして映画は、事故を起こした古里原発一号機についてというよりは海雲台の物語を、何ごともなかったように描いていった。海雲台、もう行けない場所。だが、そこがどんな場所だったかというと。それについて人々は淡々と語ったかと思うと怒りをあらわにし、あきらめたかに見えたが、結局はまた怒り出した。

監督は海雲台で生まれ、事故の何日か後まで海雲台で暮らしていた。事故当時は一匹の犬と一緒に住んでいた。犬の名前は帽子《モジャ》だった。頭に丸い斑点があるので帽子《モジャ》。私はその言葉が気に入って、一緒に言ってみる。犬の名前は帽子《モジャ》。帽子《モジャ》、こっちおいで。帽子《モジャ》、お座り！　帽子《モジャ》、お手！　帽子《モジャ》、上手だね。監督は帽子《モジャ》を連れて釜山の中区の友達の家に避難した。

（そのとき人々は初めて避難について考えはじめた）

（古里と釜山市内の距離は約三十キロ）

（原発事故における主要危険地域であり、最優先で住民避難の対象となる地域は、半径三十キロである）

友達は中央洞《チュンアンドン》の近くの古い家を借りて住んでいた。アトリエを兼ねていたその家はかなり広く、監督は友達の寝室に帽子《モジャ》と一緒に寝泊まりしはじめた。友達はアトリエのソファで寝た。二人の男と一匹の犬はチャンネルを変えながらニュースを見て、インターネットのウィンドウをどんどん更新しながら、新しい話はないか、自分たちを安心させてくれる話はないかと探しつづけた。買いおきの米は大丈夫だよね。チャイナタウンでは中国産の食材を使ってるんじゃないかな？　ジャージャー麵を食べようよ。二人はそんなふうにして何日かを過ごした。チャガルチ市場*には行き来する人がほとんどいなかった。商人たちは集まってタバコをふかした。コーヒーを飲んだ。放送局のカメラは彼らが集まってため息をつくところを撮影していった。

そのとき帽子《モジャ》は、いつもより寝言がひどくなっていた。帽子《モジャ》や、ここにいるよ。と監督は犬のおなかを撫でてやる。犬はくんくん鼻を鳴らし、脚で空中を蹴り、寝てはバッと起き、キャンキャン吠えてはまた眠り、四本の脚をだらりと垂らしたり、全身をかいたりする。私はそのようすをいちいち具体的に頭の中で思い描いてみた。寝ついたかと思うとくんくんうなされる犬。くんくん鼻を鳴らしている犬をぎゅっと抱きしめ、世の中じゅうの安心という安心を全部集めて与え

＊　釜山にある韓国最大の海産物市場で、観光地としても有名。

てやりたくなる。ここに安心があるよ、怖がらないで、と抱っこしてささやいてやりたい。そこに何かがあるみたいに宙を蹴る犬、寝たかと思うと突然起きてドアに向かって吠える犬、寝ながらあごをかく犬、そんなふうに寝言を言うすべての犬。監督は、帽子《モジャ》はまるで……まるで何かを忘れたがっているみたいに、寝ながら首を振ったんですと言い、私はそのせりふがちょっとおかしくて、これって何か見えすいてるよなと思って笑ったが、誰も笑わなかった。誰も笑わないその場面を私はしきりに思い返した。みんな、犬が事故への恐怖から悪夢を見たと思いたがっていた。私もそうかもしれないと思ったが、犬の夢、犬が見る夢、と言ってみると、自分が何を考えていたかもすっかり忘れて笑いがこみ上げてきた。犬が何の夢を見ようとそれは犬の夢、私の犬、私と暮らしている犬の夢、その犬が見る夢、とつぶやいてみたら何だか楽しいだろうな。おかしくなっちゃう。あなたが犬を助けてやれることは何もなく、むしろ犬にすごく助けられているだけなのに。そんなふうに犬のことを考えた。帽子《モジャ》はこんな夢を見たんじゃないかなと私は思う、窓の外を見ると飼い主が泣いたり怒ったり不安がったりする顔が見え、その様子を見ると思いきりしっぽを振って駆け寄ることができず、つまり飼い主の怒った顔は帽子《モジャ》をどうしようもなく当惑させたのだ。何秒か、どうしようかな、どうしようかな、どうしようかなと迷っただろうけど、もうしっぽは振っちゃってるしね？　もう知らない、知らないよとしっぽを盛んに振りながら窓に向かっていったけど、飼い主の怒った顔はだんだん大きくなって窓を突き破り、家に入ってきて、家の中いっぱいに広がって家まで突き破ってしまう。帽子《モジャ》が起きてキャンキャン吠え出したのは、そのときだったのだろう。

釜山ってつくづく、ほんとに巨大だよね。あんまり巨大で、巨大なんていう言葉じゃ無理があるぐらい巨大なんだ。当時海雲台には約四十二万人の人が住んでいたと、字幕が言った。みんな会社に行かなきゃいけないし、店は商売をしなきゃならないし、どこにいたって人間はごはんを食べ、顔を見て、話をしないわけにいかんでしょ、なのにただちに引っ越しを、いや、避難しろっていうんだよ、どこかへ。でもどこへ？　いったいどこへ？　古里原子力発電所からソウルまでの距離はせいぜい三百キロなんですけど、ソウルに行けば私たちは安全ですか？　ソウルは安全だと、誰か本当に信じてるんですか？　ただちに海雲台を離れる外国人たちの様子が報道され、彼らは釜山を死の土地と呼んだが、外信記者が Busan is land of……と言っても、ああ、釜山はどう考えても海雲台があってチャガルチ市場があって、にぎやかで巨大な都市ですよねぐらいにしか受け取られず、私たちは毎日のように釜山の人々の怯えた表情をニュースで見たが、ひと月ほどたったころにはそれも終わった。

冬の初め。人々はコートを脱いで膝にかけたまま映画を見ている。私は肩までコートを引っ張り上げて、顔だけ出してスクリーンを見ていた。何日か前には雪がたくさん降り、みんな傘をさし、マスクをして街を行き来していた。雪に触れちゃいけないって言われていたから。私は部屋に寝て、窓から入ってくる水の匂いをかぎながらお湯を沸かした。お茶を飲もうとして。映画館に座った私たちは、K市はK市だから、釜山じゃないからと考えていって憂鬱になっていた。私たちの憂鬱さで映画館が病気になりそうだった。私はお茶を飲むために毎日お湯を沸かし、お茶を飲むと映画館でうろうろするために家を出て、椅子に座ったすべての観客たちはここが釜山ではないことにほっとしてからうんざりし、館内の空気は水蒸気でいっぱいみたいだった。この映画は、そしてこういった映画は、全国で巡回上映されるんだよね。私には映画館以外に行きたいところがなかった。家にだけいたかった。映画館でこういうものを見て落ち込むと同時に、私自身が落ち込んだ観客として映画館を意気消沈させた。スクリーンでは頭に大きな斑点のある帽子《モジャ》という犬が目をぱちくりさせていた。それをずっと見ていた。帽子《モジャ》はやせて脚が長い短毛種の犬だった。こういうの何とかいうんだよね。こういうの、こういう犬を。つまりこういう外見の犬たち、ナントカナントカとかドートカドートカっていう外国の犬の名前。何ていうんだっけ？　何かと何かを交配して生まれた、長い名前の種だよね。こういう犬たちって何か特徴があるよね？　羊の番をするとか、家を守る番犬として抜群だとか、むちゃくちゃ忍耐強いとか、何かそういうこと。だから帽子《モジャ》に関しても何かあるんだよね。考えてみよう、名前を聞いただけでもわかることとってあるし。とにかく帽子《モジャ》は、テニスボールを投げると、立ち上がりもしないで首を何度か振るだけでキャッチした。それはすごい感じだった。帽子《モジャ》、ボールだよ！　帽子《モジャ》、うまいぞ。ボールをもう少し遠くへ投げると、馬のような足でタタッと寄ってきてボールを拾うというより歯でくわえるために、立ち上がって動いた。家の主だった監督の友達は、三か月後にソウルに引っ越した。監督は友達の家にいる間に、市場の商人たちやチャイナタウンの人々の日常を撮影しはじめた。チャガルチ市場の店主一人が首を吊った。監督は、それがきっかけだったと言った。そうやって撮った映像は編集を経て一本の映画となり、その年の釜山国際映画祭で上映された。その年の釜山国際映画祭では主な上映館が海雲台から中区に移されたが、国内外ゲストの相次ぐ参加辞退によって、映画祭らしい雰囲気は全然出なかった。釜山市内の電光掲示板の中では、有名な俳優や監督が手を振りながら釜山へようこそとにっこり笑っていたが、あの人たちもその映像を撮って釜山を離れたんでしょうね。監督は、帽子《モジャ》にテニスボールを投げながらそんなことを言った。帽子《モジャ》、ボールだ！　キャッチ！　いいぞ！　帽子《モジャ》は長い足でぴょんぴょん跳び、室内を歩き回る。

監督がソウルに避難した海雲台の人々と語り合う。その中の一人は、もう帰れません、期待することはやめましたと語り、両親が心配だと言った。彼は両親とともにソウルの長兄の家に避難しており、ソウルで新しく仕事を探そうと思っているが、それは生やさしいことではなさそうだと話す。彼の母親は涙を拭きながら釜山について語った。母親は朝鮮戦争のときに釜山に来て定着した避難民だった。息子の言葉とは異なり、母親は一、二か月したら釜山に帰ると言った。映画はまた釜山に戻り、避難せず残ることにした人たちを映す。古里に残ることにした人たちの大部分は老人だった。海雲台はとても広いので、多くの人たちがまだ決定を下すことができず、不安の中で暮らしていた。実際、海雲台から出ていった人の数は思ったほど多くないよと不動産業者が語った。何ですぐに出ていくもんですか。そうじゃないですか。海雲台はこんなに広いのに。人々は、食事のことは輸入食料品の宅配の注文で何とかしていた。宅配のドライバーたちは防護服も着ないで古里と海雲台を行き来して働いていた。マスクをしているだけだった。宅配ドライバーの一人は、同僚二人が急性白血病の診断を受けたと話した。その方たちはどうされました？宅配ドライバーは、海雲台の住民たちが注文した外国製のミネラルウォーターやシリアルを配達するためにまたトラックに乗り込んだ。カメラは長いこと運転手の後ろ姿を写した。

映画が終わった後、監督とのディスカッションの時間があった。私はこの映画から特に何の印象も受けはしなかったが、監督の緊張した顔、つまり他人が緊張している様子を見るのはちょっと面白いのでよかった。私はちょっと嫌な人間かな？　いや、ただ、そういうのが好きなのだ。誰かが緊張しているのを見ていると自分もうっすら緊張してきて、そういう気分って悪くない。映画を見た人は十人ちょっとで、ディスカッションに参加したのは全部で五人ぐらいだった。それもそのはずこの映画は、古里原発事故後に溢れ返った古里映画の一つという程度の感じだったから。つまり、残っている人々、古里という、あるいは海雲台や釜山という空間に残った人たちの記憶と傷跡を語る映画たちだ。古里原発の事故以来、そういう映画は規模の大小を問わず何十本も続々と作られて、当然といわんばかりに各種の海外映画祭に招待され、いくつかは賞を取ったりもしたが、まあ、とにかくその日見たあの映画も、部分部分に興味深い点はあったけど、何か強烈な力や特別な魅力があったわけではなかった。私はむしろ、韓国水力原子力公社を爆破して、そこの幹部たちを拉致して人質劇をくり広げるようなありえない映画を見たかった。幹部の頭一つに原子炉を一つずつ賭けて一時間対峙するとか、そんな映画。人質の家の庭にウラニウムを埋めちゃって、ねまき姿のその人を核廃棄物処理作業員として働かせるような映画。初めから終わりまでギャングが暗躍するような映画。私はそういうのが見たかった。監督とのディスカッションが始まるのを待つ間、私は一階と二階の間の階段に座ってセーターの毛玉をむしった。四、五年前だったと思うが釜山に行ったときの記憶がよみがえってきた。大勢の人がひしめいていた様子、おばさんたちが食べ物を売っていて、私も買って食べたっけ。あずきがゆを何度もお代わりさせてくれたおばさん。口の中がすごく甘くなり、歯にしみるようだった。あそこでは今もあずきがゆを売ってるかもしれない。誰もいないはずがないですよね。今、ここが釜山でないことにあまりにも安心しているとしたら、という思いが湧くと私は何かばからしくなってきて、毛玉を口に入れてころがした。毛玉を一つ、もう一つ。私は階段を上がってくる人たちの顔を見た。私の口の中にはセーターの毛玉がある。私がこの毛玉を口に入れたのは、あなた方には決して想像がつかない局面があってのことなんだけど……冬なのに階段に座っていると全身が角材みたいにこわばってくるような気がするけど、それは今に始まったことでもびっくりするようなことでもなく、いつだってこんなことはあったんじゃないかな、角材みたいといったら角材みたいなんだし。映画館に行くのは明らかに映画を見るためだが、毛玉を口に入れて飲み込まないままで、なぜ私は映画館の階段に座っているのかと一人、心の中でつぶやいてみると、たぶんそれはそんな自分を遠くから見て、ああ、そうなんだと思うことができるからだし、静かに集中した状態でそんなばかみたいな行動ができるからなのだろう。それであんなふうに座っていたのだ。

あちこちに散っていた観客が客席の中央に集まって座った。コートを手に持ったり、肩に羽織ったりして固い表情の人たちは、相変わらず寒そうな顔で座っている。席を移っても表情はそのままで。残った観客たちは、参加者が少なかったせいか、なぜだかわからない義務感から監督の話を聞き、監督にあるのは責任感なので映画を撮る人の責任について話し、私たちは手を上げて質問し、挿入歌を歌ったフォークシンガーはせいぜい数名を前にして五曲くらい歌い、そのようにして中途半端な時間がやっとのことで過ぎていき、それがどんなに中途半端だったかというと、最後の質問が、監督は今年公開された映画の中でいちばん面白かったのは何ですかというもので、そう聞いた人は少しも答えを知りたそうではない表情だったし、監督が、ハハハそれは私の映画と言ってもいいですかと答えたという、その時間の中途半端さはそのぐらいの中途半端さ。その質問を最後にみんな映画館を出た。寒い夜の街へと。映画館のドアを開けて何歩か踏み出したとき、いつもあいさつを交わす程度に顔見知りの映画館のスタッフが私を呼び止め、私は何で断るのがへたなのか、いや断れないのか、ぎこちなく受け答えしているうちに監督と映画館のスタッフと一緒にビールを飲みに行くことになっていた。そのころはもう、毛玉は飲み込んだ後だった。

私にほんとに得意なことがあるとすれば、誰より自信のあることがあるとすれば、こういう場所では絶対に禁句だよねということでもはっきり言えること。私のいちばんかっこ悪いところはそんな自分に自負があること。私は、お祝いの日に酔っ払って、兄嫁さんの浮気とか、家を出て何十年も連絡のつかない弟妹の話を平気で持ち出してはみんなに嫌がられる親戚のおじさんみたいな立ち位置で、映画、どうでしたかと照れくさそうに尋ねる監督に答える。言いうること、だが誰も言わないことを誠実に言い、それを休みなく立て続けに言ったので監督は口数が減り、私はビールを一杯だけ飲み、誰にも引きとめられることなく席を立った。実際、知り合いはほとんどいなかった。それでだろうかもう二度と誰にも会わないみたいに、でも私はあの映画館が好きだったのに、考えもなしに、これはこうなんじゃないんですか、ああなんじゃないんですかと思いっきり言って席を立った。ビアホールの前には歌を歌っていた男が立っていて、そのときになって何だか恥ずかしくなった私は男にタバコをもらい、あのーすみません、私、あそこで、かなりまずかったですよね？　つまり、さっき、あの映画のこと何だかんだ言っちゃって。と、タバコを二本もらってから気持ちを吐き出すようにそんなことを言った。

「あの人ちょっと、きれいすぎないですか？」

「え？　ああ、ちょっとそんな気もするけど、でも私が」

「僕は、あの監督、きれいごとすぎるかなって」

「いえ私、すごく嫌だったわけじゃないんですよ、嫌いでもなかったんで私」

男はちょっと待っててと言うとビアホールからギターとバッグを持ってきた。私と男はコンビニを探して歩き、タバコと缶コーヒーを買い、もうちょっとはずれの方へ歩いていき、お客がいなくてもうちょっと汚い飲み屋を見つけ、そこでまた飲みに飲み、私にもう一つ得意なことがあるとしたら、何言ったっていいよねと思ってることで、酒を飲んでいるとまたそんなささやきが聞こえた。何言ったって別にいいよとささやく声を。私はその声に答えるように、こうでもいいしあでもいいですよーという笑いを浮かべる。何かを拒絶し、拒否し、全部気に入りませんと言って選択しないことより、そうなんだ、何があったの？　と言い、そうですか、そうですねと承諾する、ことをした。まるでこれらのすべてを受け入れるみたいに。これから起きるできごとの間をひらひらと踊りながら乗り越えていけるみたいに。踊ろうと言われたらはいと手を差し出すつもりで、あなたの手が私の頬を包んだら目をそらさないつもりでにこにこ笑っていた。私たちはあれこれ話して笑い、また笑い、私は、古里の映画を撮るなら絶対こうすべきってことがあるとしたら、ギャングが出てくるのがいいなと言った。罪悪感なんてものは最初からなかったみたいに、もともと恐怖なんか知らない人みたいに作ったらいいんですよ　つまり、あんなふうに何か絶対に撮らなくちゃと思うなら、撮らずにいられないならね。男は、四角が集まって大きな四角になり、それがもっと大きな四角形になり、四角と四角が出会うたびにせっけんの泡が一度ずつ割れて、四角がどんどん大きくなっていって、せっけんの泡はどんどん割れるんだけど、それは退屈しなくて、そんなぶよぶよして楽しい映画があればいいと言う。男はそんなのが見たいと言った。ああ、じゃあ、何だろう、私、私はね　人質劇で始まって三角関係で終わる映画、縄張り争いで始まって不倫で終わる映画、社内恋愛で始まって師弟関係で終わる映画。そんなのが見たい。何より見たいのは、ミステリーで始まってミステリーで終わる映画。始まったクエスチョンマークが終わらない映画。何も明らかにならない映画。密室殺人で始まって、探偵と警察と、その人たちの友達や恋人である推理の天才と捜査の鬼才が密室で死んでるところで終わる映画。そんなのがほんとに見たかった。つまり密室殺人で始まって密室殺人で終わる映画。私たちは見たいものたちについてずっと話し、それからこれといった話をせずにいて、またちょっと笑い、そしてまた、うん、見たいのがあるとしたら、絶対に見なくちゃいけないものがあるとしたら、とそれぞれに考えた。考えてみた。うん、うんとうなずきながら。

男の友達は借金を返すために古里原子力発電所の事故復旧事業に志願して死んだといい、また他のアーティストの友達は、製作のため古里に行っているそうだ。それ以外の友達はアルバイトをしたり学校に通ったりしているそうだ。男はその全員と一度はルームシェアしたことがあると言った。あのときは死んだ人はいなくてみんな生きてて、不思議なことに不潔なのはいなくて、みんな一生けんめい掃除をしたよと言った。そうなの面白いね。私の友達は大学に行ったり会社に行ってる、何もやってない人ももちろんいるし。私は大学を出てしばらく会社に勤めてたけど、最近は何もしてないです。ときどき映画館に行きます。それと、そういう話は私も聞いたよ。復旧事業に参加した人たちは下請け企業の職員で、何人かは死んだっていうそんな話を。他の何人かは病院に、別の何人かはもう家に帰ったって。あなたの友達は死んじゃった側だったんだね。そしてあなたの別の友達は、映画だか演劇だか舞踊だかわからないけど、何か製作するために古里に行ったんだね。古里に行って、空っぽになった古里を見るのは大事なことだよ。みんなが出ていって廃墟になったんだなってことを自分の目で見るのは、本当に重要だ。ここが古里なんだなと思うことにも意味があるだろうし。空っぽの古里に行ってきた、ほんとに空っぽだったという話をしたら何かが変わってくることもあるだろうしね。でも私は、今起きているあの事件そのものを自分の目で見た人間になるべきだという考え方に疲労と欺瞞を感じる。そんな気持ちは簡単には消えなくて、努めて気分を変えようとして犬の話、犬の話はいつしても雰囲気がよくなるから切り出したのだが、犬は私がそんなことを思っていると知っているのかいないのか。

「帽子《モジャ》が好きだな。ああいう大型犬が好き」

「僕、実際に見ましたよ」

「実際に見るとどうですか?」

「大きいですよ。すっごく」

帽子《モジャラヌン》という犬、と言葉にすると何だか、間抜け《モジャラン》な犬、みたいな気がする、そんな名前を持つ犬の話をしながら私たちは席を立ち、歩いた。私たちは忘れたころにまたこんなものを見たがる、犬から始まって永遠に終わらないもの。犬から犬へ、犬へ、犬へ、犬へと果てしなく続くもの。

帽子で始まって帽子の中の帽子に、帽子の外の帽子へとつながり、チャーリー・チャップリンの帽子で終わるもの。K市には思ったより、何かがすごくありますね。なさそうで何かがある。男は寒いのでコートの襟を立てながらそう言い、ギターを背負いバッグを持ったままで襟を立てるのでひどくせわしなさそうに見えた。私はなぜだか怒りがこみ上げてきて、いや、こみ上げてくる怒りを抑えられなくなって、明日何するつもり、今になって何するつもり、来週は何するつもりなのと大声を上げ、男は私の肩を揺さぶった。私は前後に揺れた。力がなくて立っている力しかない人みたいに。僕が何をするのか見たいの？　今から、これから、この先、明日あさって、それからその後、そのまた後、いったい僕が何をするのか見たいの？　君が見たいのはそれ？　男は初め、怒鳴り出しそうな勢いで口を開けたけれど、結局一度も大声は出さず、私を前後に揺さぶりながらそっとそう聞いた。私を揺さぶりながら。君が見たいものはそれじゃ何なんだと、揺さぶりながら尋ねた。私は、私は、私がほんとに見たいのは、と揺れながらつぶやいた。

私が知っている誰かが、そして誰かたちが今何をしているのか話すことで、こんなにも侮辱を感じる理由は何だろう。私たちが犬を見たいと話すことで、こんなに空しい気持ちになってしまうのは何なのか。まるで生まれて初めて犬に触った人みたいに。あなたはそんなふうに生きてきたんだね。あなたの友達、それからまた別の友達はそんなふうに生きているんだね。今、私たちはK市にいる。だよね？　古里じゃなくてK市にいるよね。だから私たちは大丈夫だし、これからも大丈夫だよね？　大丈夫じゃない理由がないよね？　質問という質問はすべて、私たちに首を横に振らせる。質問の前に立てない人間としてようやく、どこかに立っている。つまりK市に。古里から七十キロほど離れたK市に。男は私のベッドに横になり、私は背中を向けて涙を流す。私が着ていたこの黒地に白い水玉模様のワンピースはとても古くなってしまった服。この服のどこかにこの問いを縫い込んでおかなくちゃと、ふとそんな気がした。私はなぜ、あらゆる問いの前でよろめくのだろう？　こういうことすべての理由はいったいどこに見出せる？　この二つの疑問について、私は私が手にしたこの感情を、この気持ちを忘れない。涙は拭いた。私たちは意外に軽いハグをしただけで眠りにつく。私たちは服を脱がず、私はこのワンピースを脱がずに涙を流す。男の友達は借金を返すために古里へ行き、私の友達は毎日のように会社に遅刻し、私はK市で生まれてずっとここで暮らしているが、こういうことのすべてが、つまりあらゆることが……私は眠り、目を覚まし、吐き、また眠り、こういうことのすべてが、とつぶやいてみる。水をひと口飲み、眠っている男を見おろした。

翌朝早く目が覚めた。男と私は背中合わせでぴんとまっすぐになって寝ていた。空気が冷たく、のどが渇いていた。着ていたセーターを脱ぎ、ストッキングを脱ぎ、ワンピースを着ただけでしばらく横になっていた。あなたは私の服を脱がさず、私の服は私が脱ぎ、あなたの服も私は脱がさず、あなたはコートをねまきみたいに着たまま口を開けて眠った。何かが変わることなく続いていくだろうという強い予感があった。窓に鼻をくっつけて水の匂いをかぎ、お茶を飲むためにお湯を沸かし、ただうろうろするために映画館に行き、観客はため息をついて映画館を仏頂面にさせ、私たちの友達のうち誰かは病み、他の誰かはもう私たちに会ってくれない。私はベッドから降り、水を持ってきて沸かす。お茶を飲み、入浴し、男と背中合わせで横になる。男は静かに起き出して私が残したお茶を飲み、また横になる。

「今日は雨が降るんだって」

男はひび割れた声で言い、私はまたお湯を沸かした。男は私の肩を抱き、私はカップの底に残った何滴かのお茶を指につけて、白く乾いてしまった男の唇を濡らそうとしたが、お茶が足りなかった。うまくいかなかった。しばらくして窓の外から雨音が聞こえてきて、私はまた窓ぎわに立って水の匂いをかいだ。私は脱いだ服をまた着てお茶が入ったカップを持ち、机の上のバナナをポケットに入れた。

「起きて」

男も起きてきて、お茶が入ったカップを手に持った。私は傘を持って屋上に向かった。私たちは傘をさして階段を上った。さらに鮮明な水の匂いが私の鼻をついた。男が傘を持ってくれて、私たちは傘の中でお茶を飲み、雨の匂いをかいだ。雨音を聴いた。だから私が見たいのは雨で始まり、どこにも流れて行かず、ただ雨を追いかけていくだけのもの。雨の降る街から雨の降る夜の街へ、そしてまた雨の降る朝になること。雨に濡れてはいけないと言われたから、今まで濡れませんでした。私たちはお茶を飲みます。バナナを分けて食べ、下へ降り、ドアを閉めて横になった。一日じゅう雨音を聴き、眠り、起きて、また眠った。

男と私はもう何日かを一緒に過ごした。男は自分が歌っているCDを私にくれて、私はそれをたまに聴いた。実はほとんど聴かなかった。私はその後も映画館で時間をつぶし、家族は私にうんざりしていた。

その翌年、私は海満に行った。海満で私がやることになったのはある知り合いの女の人の店の手伝いだ。その店は、海雲台から移住してきた人たちが集まって暮らしはじめた村にあり、私は毎日午後、ここに集まってコーヒーを飲む人たちが海雲台の話をしているのを聞く。今はもう行くことができない場所の話を。ある人は昔の新聞をひっくり返して、夏休みの海雲台の光景を探しているそうだ。海が色とりどりの浮き輪や水着でびっしり埋まっている記事の中の写真をぼんやり眺めていると言った。そして私はときどき海雲台の古い映画館についても考えるが、その映画館も、誰かにとってはやはり唯一の映画館だったはずだ。考えてみると、K市の唯一の映画館と、そこで過ごした時間のことにも思いが及んだ。私がK市の映画館で見た映画は何十本だったと思うけれど、ひょっとすると何百本だったかもしれなくて、私はそのうち多くを思い出せない。毎日毎日、何百本もの映画を見ていたときは、私は同じ表情をしたまま時間をつぶしていた。肩をすくめ緊張した顔の人がゆっくりと行き来していた。そのとき私は映画館の壁、階段、廊下、廊下にかけてある額になりたがっているように見えるほどだった。映画館の一部になったみたいにゆっくり動いていた。どこにいようと朝は朝ごはんを食べ、お昼には昼ごはんを食べ、夜は晩ごはんを食べる。たいていはそのうち一度は食事を抜く。抜くときも抜かないときも午前中にはお茶を飲み、午後にもお茶を飲む。お湯を沸かしてお茶を飲む。明け方に眠り、昼前に起きる。お金が入れば銀行に入れ、週に一度引き出して使う。国民年金は納めてなく、健康保険料は姉さんか兄さんの会社で出してくれる。友達は結婚をしたり会社に行ったり、会社に入れなかったりし、ずっと入れなかったりときどき入れなかったりしている。そんなときも今も、私が知っている誰かが、ときには私がいちばんよく知っている自分自身が何をして一日を過ごしているかを話すことで、なぜこんなにも耐えられないほど腹が立つのかはわかりようがなく、そしてまた、私が耐えていかねばならない屈辱感はいつも、私より大きい。けれども私はそれらすべてとともに、ずっと生き残るだろう。朝には朝ご飯を食べ、冬には雪が降り、雪は何も持ってきてくれず、何も持っていってくれない。この雪に触れたら死ぬかもしれないと言われていた。そのとき街はからっぽで、人々は窓を閉めて家にだけいて、私はふとんをかぶって何も言わなかった。口をつぐんだまま私は、それらのすべてをくり返すだろうし、そうやってずっと生き残るのだと、どこで眠るときにも、そうささやいていた。

愛する犬

その日、クムが言ったことのうち一つは正確に覚えている。なぜなら、記録しておいたから。

「生きるのに疲れすぎて面倒くさくて何もしたくないんです」

私はこの言葉が途切れず一度にすらすらと口から出てくるのを聞いて、何だかリズム感があってせりふみたいと言ったらいいのか、とにかくちょっと専門的に聞こえて、ちょっと待ってねちょっと、書きとめるからと言ってメモしておいた。その他に私たちがしたのはそういう話、つまり、いつも心から言ってはいるんだけど実際にはやらないし、やれないと思っていること。ハワイに行かなきゃ。やっぱりハワイでしょう。このごろPM2・5がひどすぎてのどが痛いんですよね、だったらやっぱりハワイでしょう。日本も最近は前より数値が上がったっていうし。ハワイに行って何をしようか　韓国料理店で働かなきゃいけないかな　それとも自分で韓国料理店をやろうか。石焼ピビンパの店をやるべきかな。何となくうまくいきそうな気はするんだけど、だとしたら石鍋を持ってかなきゃいけないしね。あーあ、それは問題なんですよねー。そしてコーヒーをちょっと飲み、ハワイに行くことにしたとしても、石鍋のことなんかは問題だしねー。ため息をついて、そうなんですよね、まあ私は勉強をすごく頑張ったり、仕事にむちゃくちゃ熱意を持ったりする方ではないけど、とはいってもそういうことをすごく面倒くさがったりする方じゃなかったんですよ。だから友達から連絡が来たらメールしたり、電話もするしね。メールの返事とかは遅れないようにしてきたんだけど、最近はそういうのも遅れがちなんですよね。生きるのに疲れすぎて面倒くさくて何もしたくないんです。うわー、つっかえもせずにそんな言葉を、どういう意味かはわかるけど　ちょっと待って　何か面白い　ちょっと待ってねメモしておくから。

私が笑いながらメモをしている間ほんのちょっと見えたクムの疲れた顔が、時が経つにつれてひどく辛そうな、押しつぶされたような顔として思い出されては消えていった。

「私、ほんとに犬になりたいんです」

「犬を飼いたいんです」

この話はメモしなかった。私は犬になりたいのではないみたい。何かになりたいというのではなくて、ただ、状況がああなるのかこうなるのかはっきりしてくれればいいんです。犬になりたいとか、なりたくないとか、そんなのになりたいんじゃなくて人間でいるのがいいとか、何々だからいいとかそういう問題よりはですね。

次にクムに会ったのは一年後のことで、お互い忙しかった上に、私が会社を辞め、仕事をほっぽり出してカナダに六か月語学留学に行っていたためだった。そのときの私にどんなお金があったかというと、退職金に加えて、たいした額ではないけど貯めたお金を足して出かけたのだ。チョンセ*の保証金に手をつけなかったのは偉かったが、英語を使って特に何かやろうと思っていたわけでもなかったのに、何であんな決断をしたのだろう？　元気で行ってきたのだから大きな後悔はないが、遠くから三、四十年後の私が私を訪ねてきて、ちょっとあなた本当に後悔してないの、ほんとにそんなことが言えるのと言うシーンが忘れたころにまたぶり返しては私を苦しめた。ごくたまに、三十年後の私がそうそう、あの後あなたはすごく忙しくてやることのいっぱいある人生を送ることになるんだよ、だからあのときだけでも休んでよかったねと言うこともあったが、それは私が本当に必死で思い描いた絵みたいなもので、そんなことを考えてると間違いなく登場するのが会社を辞めなかった私で、会社を辞めずに頑張った私は疲れた顔で三年前の私を叱り、

＊　韓国特有の賃貸形式で、入居時にまとまった金額の保証金を大家に預ける代わり、月々の家賃が発生しない。大家は保証金を運用して利益を出し、入居者の退去時に保証金を返却する。

会社があんなに大変なことになってみんなが辞めているのに残ったのはあなたのミスだよ、どうしようもないよねほんとに。あなたがどうなるか教えてやろうか？　結局あなたはあと一年粘った後で辞めることになるんだよ。もうちょっと早く辞めて先輩が誘ってくれたところに行ってたらねえ、いや、ただもう辞めるべきだったんだよ、どこに行くとか行かないとかそんなこと考えずに、あそこはだめだったんだからさっさと辞めた方がよかったのにと言いに来るのだが、そのときの私は三人の中でいちばん有能に見えた。何だか私じゃないみたい。

実際の私はどんなに困った考えが浮かんできても首を振って忘れようとし、何か口に入れるものを作る人だった。手を動かして作っていればちょっと忘れられるし、それを口に入れればもっと早く忘れられるしね。にんにくを刻み、ネギをみじん切りにして、醤油とみりんと砂糖を入れて生姜もちょっと入れて肉を漬け込んだプラスチック容器を冷蔵庫に置いておく。鍋で煮干しのだしをとって、それで何を作ろうか、テンジャンチゲもできるしキムチチゲにもなるけどどうしようと思いながら手順通りに忙しく、何だか手早くすませていきながら、ちょっと他のことを考えてみようかな。

クムは近所の公園に私を呼び出した。入り口の表示の前にクムが、一匹の犬と一緒に立っていた。

――久しぶりですね。
――そうですね。
――犬どうしたんですか？　犬が好きだから、とうとう飼うことになったんですか？
――ええ。

クムはちょっと歩こうと言って、犬を連れて公園の中の方へ私を案内した。バスケットコートを見晴らす石造りの広い階段というべきか、運動している人たちがペットボトルや脱いだ服を置く場所の下にあるベンチに私たちは座った。私が犬になりたいのはずっと変わらなくて、つまり小さいころからそう思ってたんですけどね。もしかして、九四年に何があったか憶えてますか？ええ、憶えてます。憶えてますか？　はい。何がありました？

――九四年っていえば私が十歳のときですね。その年、引っ越ししたんですよ。で、引っ越しをした年だから、引っ越し前後のことをいろいろよく思い出します。引っ越しした年を中心としてその前の年、その次の年って、しばらくそんなふうに記憶を分割してたんですよ。つまり引っ越しが当時の私の人生にとってはものすごい大事件だったんでしょうね。それで、引っ越した年、その次の年、ここに住んで何年めの年、ってこんなふうに時間をはっきり分割して記憶するようになったんですね。引っ越しした年の夏を思い出します。とっても暑くてそれに湿度も高かったんだけど、それよりは太陽がかんかんに照ってて、何か、暑い国の道の上みたいに光と影がくっきり区分されてたのを思い出します。小さいときって太陽とか日光、風、雨、そういうものがほんとに新しいじゃないですか。まあ、本で読んだり映画を見て学ぶこともできるけど、十歳だと実際に読んだり見たりしたものも少ないから、道にはっきり線を引いたみたいに影ができてたのが強烈でしたね。夏の歌がずっと流行ってて、そのとき下の階だったかに大学生のお姉さんが住んでて、その人が読み終わった雑誌やグラフ誌みたいなのをよく家の前に捨ててたんです。それで、小さいときそれを見ながら、ああ、大人になったらこんなきれいなものを着るようになるんだ、私もきれいな服を着ようって、そんなこと思ってました。他の人たちがどんな服を着てるのか注目しはじめた年といってもいいかな。

犬はおとなしくクムの隣に座っていた。夏の話を始めると、遠くから夏の匂いが、日光でよく乾いた白い布の匂いが、コップについた水の雫の表面が思い浮かんできた。犬は金色というかベージュと黄色が混ざった色をして、まるで私たちの話を聞いているみたいに静かに座っていた。そういえばしばらく前まで涼しかったのに、先週のどの日だったか一日を起点としてそれは消え、今日は最高気温が二十五度だと言ってて、夏が来ていた。犬の頭に手を乗せてのろのろ撫でているとと、クムがゆっくり話しはじめた。犬は私が撫でても何の反応もせず、最初と同様おとなしく座っているだけだった。大人っぽい犬だった。

――あのとき、犬になりたいって言ったでしょう。あのとき私たち会ったじゃないですか、会社の近所で会って、フォーを食べて、仕事の話をちょっとして。そのときに私が、犬になりたいって、そう言ったんで、犬に……なることになったんですよ。九四年には私、犬と一緒でした。小さいときにね。いえ、一緒だったっていうかうちで犬を飼ってたんだけど。あのときも犬になりたいって言ったんです。小さいときからほんとにずっと犬がすごく好きで、何か、犬になりたいって思いつづけてはいたんですけどね。だけどそれ以前は犬になりたいと思ってただけで、実際にそれを口に出したりはしなかったんですよ。でも九四年四月十三日に私、犬と遊んでて、その犬の名前はノディだったんですけど、ノディと遊んでて犬になりたいって言ったらノディがそうしようってしゃべったんですよ。それでもってクムが犬になって、ノディが、つまり私がクムになって二十年以上生きてきたんです。

クムは何か話したいことがあって呼んだんだとは思っていた。そうでなかったら、二人だけで会う理由は特になかっただろう。もちろん、まあまあ親しいし気まずいわけではないが、私たちは普通なら他の友達と一緒に会っていて、何ていうか大きな要件がない以上は、またはクムが私の会社の近くまで来たとか、まあそういったことがなければ二人で会うことはほとんどなかったので、公園という場所がちょっと意外だとはもちろん思った。普通ならカフェだよね。コーヒーもなしで真昼間に公園に、何の用事で呼ぶんだろう、ちょっと変だと思ったが、何でこんな話を聞かなきゃならないのか、ただでさえ内心、混乱してるのに。だけど何ていうか、九四年っていうのは絶対に九四年じゃなくてもいいのかもしれなくて、ある時間に目星をつけて意識的にそこにさかのぼってみるのは本当に久しぶりという気がした。その感覚が新鮮ではあった。いろんな気分と感情が思い浮かんだが、一方では百パーセント感情的なことだけではなくて。新聞で見た活字のせいで頭に刻み込まれている事件、数字や人の名前などを何の感情もなくすらすら思い出した。普通、一、二か月前のこともいざ思い出そうとすると正確に思い出せないが、二十年も前といったら本当に小さいころのことだからか、引っ越しした年だからか、その年にだけは鮮明に思い出す記憶があった。久しぶりに気持ちよく頭を使ってる気分になった。

私は日差しが強烈に入ってくる窓辺に座っていて、先生の声が一瞬聞こえなくなって、遠いところ、しばらく前にグラフ誌で見た、夏の歌が聞こえてくる、大きな木のテーブルが置かれた海辺に自分が行く様子が思い浮かんだ。

——だけど、どうしてノディっていう名前なんですか?

——それは重要なことではなくてね。つまりそれはクムがつけたんだけど、たぶんマンガに出てくる人の名前なんでしょ。

——じゃあ、あなたは犬だったのがクムの体の中に入ったとして、クムは何になったんでしょう？

――クムがノディになったんでしょ、犬に。

――じゃあ、犬になってそれから死んだんですか？

――そういうことですね。

――一言、変なこと言っちゃっただけで？

――犬になって生きるのは罰じゃないでしょ。

すぐに友達に連絡したくなった、あなたもしかしてこのごろクムと連絡取ったことある？　ちょっと変じゃなかった？　と言いたくなったが、公園の中には遠くだけど他の人もいるし、万一にでも何かあったらすぐに大声を出せばいいので、それほど危険な状況にはなりはしないだろうと思ってとりあえずは黙っていた。私はまた別のことを考えた、何か、クムが、こんなことを言っててそのうち私に何かを提案するんじゃないかと。変な話をして反応を見て、何かやろうと言うんじゃないか、つまり事業をやろうとか。投資をやろうとか。いいプロジェクトだよとか。クムが犬になったとしても心配だし、事業をやろうと言うのも心配だし、どっちにしてもこの人は今ちょっとまずい感じだなと思って、なぜか気になるのは犬になったクムの方だとも思った。どっちかを選ばなきゃならないとしたら犬の方。とにかく、何かやろうと言われたら一緒にやらなきゃいけないのかなあ、ちょっとお金になったとしても変なことに違いないと思い、たかが一年ぶりに会ったのに話が続かないし、やっぱり友達にはしょっちゅう会ってなきゃだめだと思った。どんなに親しい友達でも、もちろんクムはそんなに親しくもなかったが、一、二年ぶりに会うと何か会話が思わぬ方へそれてしまう。もう誰かが久しぶりに会おうと言っても、まあ一年程度はそんなに久しぶりでもないけど、気が向かなかったら会わないことにしようと心を決めた。

――だけど、犬がクムになったにしても誰が何になったにしても、それは親とか家族とか自分自身にとっては重要だろうけど、実際、もしその話が本当だとしたら、私はあなたが何かになった後で、つまり犬に変わった後で会ったわけでしょ。たぶん他の人たちも友達も、みんなそうだと思いますよ？　つまりあなたが本来は犬だったとしても、私は変わった後に会ったわけでしょ。そうじゃない？

――それなんだけど、九四年のノディは、つまりノディになったクムはその後十三年生きたんだから結構長寿だったんですよ。死にましたけどね。それで、犬になりたいって言えばまた犬になるんですよ。私はまた犬にはなりたくなかったから、そんなことは言いませんでしたけど。

右側に静かに座っていた明るい金色の犬は、私の膝の上に乗って伏せた。

――さっきの話で、ノディが死んだっていうのは、それはクムが死んだってことだと私は理解したんですけど。

——私もそう思ってたんだけどねえ。

私の膝に頭を埋めていた犬が、クムとよく似ているがハスキーな声で話しはじめた。

——そうじゃなかったんですよ。私はまた犬になって生きているんです。それがまた人間になるためには、ノディが犬になりたいって言わなきゃいけないんですけどね。で、一年前にあなたと会って話をしたとき、犬になりたいって言ったんですよ。

犬になるのもいいんじゃないのかとちょっとそんな気もした、人間たちは信用できないけど、一年程度だけちゃんと約束をして、方法はわからないけどちょっと犬になるのもいいんじゃないか。そんなことを思ったのは、この犬がちゃんと毛が手入れされていい匂いがしていて、足の爪も清潔だったからだ。だけどこのことを口に出してはだめなのだった。犬の前でそんなことを言ったらいけないらしい、さっき聞いた話のせいだけではなくて、単純によくないらしいという気がする。

こんな変な話はとりあえず疑うしかないが、けれどもこの話には何か教訓がある。それは、私の常日頃の信条と同じだった。何であれ、口に出した言葉には何らかの力があるにはあるということだ。その言葉は、常にではないだろうがある瞬間に力を発揮することになるのだ。犬の目を見て、子供の目を見て、相手の目を見て何かを言うのは、そこで何かが変わってしまうかもしれないことを覚悟しているからなのかもしれない。

あの年私は引っ越しをするとき、仲の良かった教会の友達にイニシャルが入った指輪を手紙と一緒に贈った。その友達とはもう連絡を取っておらず、どうしているかも知らないが、もしかしたら会社で働いてるかな？　または学生か、結婚して子供がいることもありうるし、何もしてないこともありうる。犬がしゃべることにはちょっと驚きはしたが、それより、後で友達に会ってクムの話が出たらどう対処すべきだろう。話は話としても変な話だが、九四年を振り返ることはそれなりに筋は通っているし、そのうちに私はちょっと疲れて面倒くさくなって、そもそも犬だか誰だかわからないものに公園に出てきてと言われたことにだんだんいらいらしはじめていた。

——それで続きを話すとね、つまり私が犬になりたいと言ったんだから、まだ犬の体で生きているクムと私が入れ替わるべきなんだけど、やっぱり私は犬になりたいと言った記憶がないんだよね。

——憶えてないの、それとも思い出したくないの？

——そっちはそう気楽に言えるかもしれないけど。

——それで私に確かめにきたの？　私が聞いたって言ったら犬になるし、聞かなかったって言ったらならないの？

――いや、犬になりたいと言ったのは確かなんだ。クムになって長生きしたノディが、あのとき、あなたと一緒にいたとき、犬になりたいって私が言ったってことを、はっきり、きっちり私に教えてくれるもんでね。それにクムはあのときの犬に戻ってもいいんだ。十分に納得してるならね。


犬はどんどん話すようになっていた。クムは前回ほどではなかったが相変わらず疲れた表情で退屈そうな顔だった。その中に入っているのが犬だと言われても、私は犬が中に入っているクムしか知らないのだから、どうしようもなかった。


――じゃあ私としてはさ、とりあえず家に帰ってあの日のことをゆっくり考えてみるよ。だけど私、気になるんだけどね、じゃあ九四年にどんなことが起きたのか、それは二人とも正確に憶えてるのかな？　あのとき何も起きなかった可能性もあるじゃん。私は私なりに、会ったときのことを思い出してみることはできるよ。だけど私の考えでは、九四年に何も起きなかったこともあると思うよ。

――犬がしゃべることについてはどう思ってる？

――犬がしゃべるとは思えないから、あなたが声を変えてるんだと思うけど？

私は犬を抱き上げて地面におろすと立ち上がった。考えてみると私はクムに対して、冗談を言うとき以外はいつも丁寧語を使っていて、私たちは距離のある間柄だったんだけど、私はもうどこか違う線に、違う線が指し示す方向へ向かっているという気がした。普通そういうのって、気のせいなんだろうけどねえ？　私は別に変わったわけではなくて、私たちはただ久しぶりに会っただけで、クムは憂鬱そうだった。憂鬱で憂鬱で仕方がないからこんな話をしているみたいだった。また連絡しますからと私は笑いながら言い、手を振って帰った。クムは何も言わず、犬と一緒にベンチに座っていた。後ろを振り向いたとき、クムの曲がった背中の隣にまっすぐに座った犬が見え、犬の方が姿勢がいいなと思ったらなおさらクムが憂鬱そうに見えてきた。友達に連絡してみようかと思ったが、こんな感情、こんな時間をどう扱うべきかそれがいまだにわからない。笑いながら、面白いこと言ってるみたいに、私ならそんなふうに話してしまう可能性がいちばん高いが、そうなったら家に帰るとき後悔が押し寄せてきそうだ。まじめに相談するみたいに話そうとしても、この話をそんなふうに受け止めてくれる人はいないだろう。仕方なく、日記を書かなくちゃと思い、以前の日記、ひょっとしたらあの日の日記があるかもしれないから探してみようと思った。あの日は家に帰ってお風呂にも入らずに眠った。夜中になってちょっと目が覚めたが、すぐにまた眠った。

九四年のある日、クムは庭で犬と遊び、犬は毛布を引きずって犬小屋に入って眠り、クムはアニメを見ようとして家に入った。クムは手を洗ってごはんを食べながらテレビをつけてアニメを見て、今日は何かが違うみたいだなとそんなことを思った。九四年のある日を、六月二十八日を、詳しく思い出せるだろうか。クムは今日、路地で、背が高くてパーマをかけて、浅黒い顔をした女に会った。女はクムの顔を見ながら言う、二十五年後に誰かがあなたのところに、九四年の今日あなたは何をしたかって聞きに来るよ、そのときあなたは答えられるかな？　どう？　クムは目をぱちくりさせて。とにかく、とにかくね、絶対会いに来るんだよ、だからよく考えてごらん。今日、何をしたのかをね。その女はいたずらっぽい目をしていた。腕組みをしていたが、手首には何か袋のようなものをかけていて、小さな革のバッグを肩から提げていた。目の下には黒いほくろがあった。そんなことを聞かれたせいなのかな、今日は何か違うと思うのは。晩ごはんを食べて眠くなったクムはそんなことを思いながら寝た。

女は路地を通って、まるで自分の家に帰るみたいに慣れた感じで茶色いビルの中に入っていった。袋の中にはさっき買ったあれこれ、パンとコーヒーと小さいナイフと扇子が入っていた。袋をソファに置いて、肩から提げていたバッグを正面に持ち直してソファにどさっと座った。とにかく、あの子は何となくちゃんと憶えていられそうに思えない。私の話を聞いてる目がぼーっとしてて、何も考えてないみたいに見えた。心配だなとつぶやいて買ってきたパンを食べながらテレビをつけた。

九四年に引っ越ししたことが私にどんな影響を及ぼしているのか、久しぶりに考えてみた。引っ越し後の何年間か、私はずっと思ってきた。引っ越さずにあそこにずっと住んでいる人たちは何ていいんだろう、何て幸せなんだろうって、今だったら絶対そうは思わないだろうが、あのときはそればかりを何度も何度も考えた。懐かしいという思い、帰りたいという思い、一つ一つ全部思い出したいという思い。まあ、今だって、望んでもいないのに、いや望んでいたとしても、外国とか遠いところへ、予定もなかったのに急に行くことになったら懐かしくてそんなことを思うかもしれない。カナダにいたときは、すぐに帰るからと思っていたせいかそんなことはほとんどなかったけど。そんなふうに九四年のことをゆっくり思い出してみた。あのとき、草をかき分けながら丘を上って教会に行っていたことを思い出した。父さんがスーツを着ていた。よく行っていた教会なのに、あのときはなぜ険しい道を通って行ったのか。礼拝が終わって帰るときは、赤いタイルが敷かれた道にぼやけはじめた影が落ちていた。遠くに見える茶色のビルがなぜか懐かしい感じがして、誰が住んでいるんだろう、その人は何となく大人っぽい人みたいな気がすると思った。

都会的な高層団地のショッピングモール、うちじゃなかったようだけど、どこだか茶色の革のソファに座ってテレビを見たこと。髪をアップにした美女がお金持ちの男に弱みを握られて引きずられていく。女は黒髪で濃い化粧をしていた。幼い私はそんな内容のドラマを誰と一緒に見ていたんだろうか。九四年の秋に私は引っ越したのだが、その年の夏は暑くてはっきりした気候で、引っ越しをした後の冬がひどく寒かったので、引っ越しの前後が頭の中ではカラーとモノクロみたいに鮮明な対比になって残っている。そこへもってきてクムのところには犬が一匹訪ねてきて、あなたがさっき言った言葉、重要な言葉、言うことに決められていた言葉を言ったんだから、犬にならなくちゃいけないと言っているのか。家に帰って、あの日話したことをゆっくり落ち着いて考えてみるとクムには言ったけど、私は九四年のことだけをゆっくり考えてみた。夏の路地だけを、どこかでさまよっているような気持ちで、歩いている人の視線になって追っていった。手帳は広げてもみなかった。

「犬になりたい」

どこまでが事実で、状況がどうで、といったことはよくわからないし、いつのことにしたってまじめに考える気にはなれないと思う。ただ、その言葉は九四年という壁にかかった額縁みたいに、どこかにかかっているのかもしれないという気はした。どこかに、クムの家ではないどこかの壁に、かけると決められた小さい額縁がかかっているみたいだという気が。九四年に私は、大人になったらやる仕事についての考えと、都市が作り出すものたちと、鮮明な夏の中にいたが、あのとき私が言ったことはあるときまた私に帰ってくるのかもしれない。私の言葉もある壁に額縁になってかかっていて、長い間、午後の日差しの下にあるのかもしれないのだ。

ところであれを言った人、誰かが会いに来るよと言った人は、幼い私ではなく、九四年に今の私ぐらいの年代だったようだ。ずっとずっと考えていた大人の姿になった私が現れて、額縁になってかかっていた言葉を、予期せぬ瞬間に口に出すのではないだろうか。九四年の会社員である私は、今の私とは違い、主にスーツを着てハイヒールをはいて歩き、日曜日には何もせず、ベッドでラジオを聞いたり、ちょっと出かけようかと思って簡単に化粧をしてよく行く食堂で麺を食べ、そしてなぜかふだんは行ったことのない路地かどこかに入ったとき。

犬になったクムとクムになった犬がお互いを取り替えっこしたら、私はその二つの違いに気づくことができるのかな。できないよね。一年前の話を、クムはいったい私に会って何の話をしたのかをまた思い出そうとして手帳をめくってみた。手帳にはこう書いてあった。

2017. 4. 13
「生きるのに疲れすぎて面倒くさくて何もしたくないんです」

クムに会った。クムがこれを休まずに続けて言った。疲れていた。だけど最近は誰に会ってもみんなそうだ。

犬になりたいと言った話はなかった。だけど、ありそうな話だといっても変じゃないような話ではあった。クムは犬が本当に好きで、犬を飼えないからちょっと憂鬱そうだった。いや、犬を飼えないから憂鬱だというより、クムの憂鬱さは犬を飼うことで少し解消されそうだったというか。

「私はただ犬になりたいんです」

そう言うクムの声が聞こえてきそうだった。だけどその話は何ていうか、スペインに行きたいんだ　バルセロナのタクシー運転手になりたいんだ　そこではタクシーをテクシーって言うんですよみたいな、何だかすごく、一度ぐらいは言ってみそうな話だから、かえって本当に言ったのかなと自分に問いかけても確信が持てないのだ。私は落ち着いて、あの日の会話ではない他のこと、お天気や場所なんかを思い出そうとした。お天気は、雨は降ってなかった、なぜなら私たちが座っている場面に傘はなかったから。若干肌寒くて風が吹いてたようだ。中にニットを着てジャケットを着ていたから、四月といっても暖かい日ではなかっただろう。私たちはベトナムのフォーを食べて近所のカフェに行ってコーヒーを飲んだ。二人ともホットコーヒーを飲み、何だか憂鬱そうな疲れた表情で、ハワイに行きたいという話をした。手帳には書いてないが、そんなことを思い出す。それから？

犬。

クムは犬が描かれた服を着ていた。それと関係あるかな。誰かが私たちを撮っていたら、それがサインになって、つまりそう言ったという言葉、「犬になりたい」という言葉を言ったというサインになって、クムが胸の前で手を組んで言った「犬になりたい」、その言葉が聞こえるだろうか。濃いネイビーのトレーナーの真ん中に描かれていた犬。ブルドッグだったかな、違う違う、それよりもうちょっと平凡な犬だった。落ち着いて考えて、クムの胸をゆっくり拡大してみよう。そう、野球帽をかぶった犬で、茶色い犬だった。そのときクムはコートを脱いでいたかな、または着てたっけ？　普通は室内だから脱いでいそうだけど、あのときはどうだったか。脱いでたよね？　その場面をゆっくり、ちょっとずつ通りすぎるようにして見てみてごらん、詳しく見られるように。コーヒーの入ったカップは白くて背の低い丸いカップで、ソーサーはテーブルに置いてあって、そうそう、でもあの場面を細かく区切ってみようとしても、ゆっくり拡大してみようとしてもだめだった。ほら、よく見て、クムを拡大するんじゃなくてあなたがすごく小さくなるんだよ、とっても小さくなって、クムがさっき置いたコーヒーカップの取っ手の中に隠れるんだよ。取っ手ね、つまり指を入れるところに隠れてみたんですけどね、すごく滑るから、取っ手にぶら下がってると腕がとっても痛いんです。じゃあ、取っ手に腰かけてクムを見上げてごらん。それじゃ見えないんですよ。私は取っ手から降りてテーブルを素早く走り、自分のソーサーの上に座った。クムは巨大で、赤い顔がとにかく大きくて髪の短い人間だった。私の目の前では大きな犬が、巨大な円の中の巨大な犬が私を見ていた。クムの話は大声すぎて私は最初、耳をふさがなくてはならなかった。口の形から話していることはちゃんと理解できた。クムは笑い、それからうつむき、そして話した。

ベッドの上で目をぱちくりさせて起きていたが、がまんできなくて結局クムに電話した。クムはいつものように電話に出て、変なことに巻き込んでごめんと言った。友達の犬を何日か預かって散歩をさせていたら、何だかあの日に限ってあんな言葉がすらすら口から出たと言った。すごく小さくなった私はまたクムの袖にぶら下がってクムの顔を確認し、クムはいつもと同じクムだったけど……

九四年の夏、とても暑いある日、クムは食卓の脚にもたれてテレビを見ており、小さくなった私は向かいの食卓の脚に隠れて、大人になったクムを見てきたせいか確実に小さく見えるクムを見ながら、午後五時四十分、まだ犬になりたいって言わないのかな？　と思い、なぜか日曜日の午前中にやるディズニー名作アニメがリビングには流れており、ドナルドダックは巨大で白いがテレビが小さいので、何やかや努力してやっと動きを把握することができ、音は相変わらず大きいので耳をふさいでいた。五時四十五分、家にも庭にも犬はいない、クムはまだ何も言ってないのかな？　床はちょっとべたべたして、私はまるでハエ取り紙にくっついたハエみたいに床からやっと体を離してクムの体に乗り、そういえばこんなアニメを見る年齢ではないんだけど、単に退屈だから見ているのだろうか、クムはそのまま床にうつ伏せになって寝た。人が犬になったら、犬の時間はずっと早く過ぎるのだから、私たちはずっと早く死を迎えるしかありませんね。けれども犬は何度も生きるし、他の犬に乗り移って生きているのだと何日か前にクムは言っていた。眠っているクムが何かささやいているようでクムの首に顔を近づけてみたが、クムは蚊を追い払うみたいに手を振ってまた眠った。

「つまり、そんなことは言わなかったんですね」

「何がですか？」

「犬になりたいとは言わなかったんでしょ」

「まあ、そうですね」

クムは笑いながら、犬じゃないですよ　犬じゃないってば　人ですよ　ずっと人でした。と言った。信じてください。九四年の夏、教室の窓ぎわの席に座っていたとき、担任の先生の名前はチェ・ミョンファンで、クラスの子たちの身なりがだらしないと言って怒ってて、イ・ミョンを前に呼んでほめた。茶色の短いおかっぱにヘアバンドをしたイ・ミョンは服装がきちんとしている、髪はこんなふうにしなさいとほめられた。私はグラウンドで誰かが投げた野球のボールが放物線を描いて遠くに飛んでいくのをゆっくり見ており、向かいのビルでは作業服姿のおじさんたちがタバコを吸っていた。とても細くて小さな、だから目に見えるはずのないピエロの扮装のほくろぐらいの大きさの何かが、向かいのビルで曲芸をしていた。私はそのピエロの動きを大きく拡大してみようとしたが、まぶしくてだめだった。隣の席に座っていた学級委員は練習帳に歌の歌詞を書き取っており、膝を抱えて体を丸め、空中高く円を描いて回転していたピエロはいつの間にか私の横の窓のところに来てささやいた。ほら、これを憶えておくんだよ。一九九四年六月二十八日という日を憶えておきな。からっぽの公園に犬と一緒に並んで座っていたクムは私を見るなりこう聞いた。九四年にどんなことがあったか憶えていますか?

犬になりたいと言ったのは結局誰だったのか。誰の言葉がどこかへ押し流されて、再び訪ねてきたのだろうか。本当にクムだったのか。再びやってきたそのこと。かけられていた額縁が動き、話を聞いている人の口が動く様子をゆっくりと、すべて思い出す者たち。振り向いたときピエロは消え、巨大な、日光でよく乾いた大きな白い布が遠く日差しと風の中で揺れていたが、そのときかいだ洗剤の匂いが私を訪ねてきて、その後ろには誰かが立っている。

もう死んでいる十二人の女たちと

キム・サニが交通事故で死んだ後、彼は少なくとも十二回以上また死ぬことになる。彼は五人の女たちを強姦殺害したのだが、彼の死後、もう死んでいる女たちが彼を探し出して何度も殺したのだ。彼に殺害された女は五人だったが、彼と犯行手口の似た殺人者に殺害された七人の女が加勢して、合計十二人の女たちが彼を改めて殺す。キム・サニはもう死んでいるが、死んだ後でまた殺される場合も痛みや苦痛は減らない。だが、だからといって十二人の女たちがしっかり復讐できたといいづらいのは、どういってみたところで女たちが死んだこと、彼らが先に殺されたことは無念であり、それはどんな方法でも取り返しがつくとか仕返しできることではないからだ。それが前提だ。もう死んでいるキム・サニが何度殺されても毎回苦痛は同じで、そうやって何度も殺されても女たちが何かをまともに償ってもらえるわけではなく、だが、やらないよりははるかにましなので女たちはもう死んでいるキム・サニを殺すことにした。まずは一人に一日の時間が与えられ、一日のうちなら何度殺してもいいこととする。全員が一日ずつ使って一回りした後、もしも時間が足りなかったとか、または各自の殺し方について意見交換をして新たに思いついたことがあったり、殺し方に関係なく話し合いの後で考えが変わったりしたらさらに時間を与えることについても後に議論するものとする。十二人の女たちは各自、殺害方法を考案した。

ほとんどは殴り、刺し、火をつけるという方法でキム・サニを殺した。死人だからといってキム・サニに力がないわけではないので、やっとのことで殺した。後ろからキム・サニを倒した後、準備していた紐で彼を縛ったり、車で彼を轢いた後に車のトランクに入れたりしたが、なぜそれが可能だったのかはわからないものの すべては死んでいる女たちに有利であり、どっちも死人だったにもかかわらず女たちはキム・サニだと見抜くことができ、キム・サニはいつも一歩遅れた。だが、やっぱり死人だけに力があり余ってはいないから、殴り、殴り、また殴るという方法でキム・サニを殺した女たちは疲労困憊してしまい、何日か何もできず、休まなくてはならなかった。彼らは激しく息をしながら原っぱの空き地とか自分の部屋のベッドにじっと寝ていた。そんな中、五番めの女は医師だったが、彼はキム・サニが患者で自分は医師であるみたいに無造作に彼をテーブルの前に座らせ、お茶と一緒に毒薬を飲ませた。キム・サニは三十分ほど経つと生き返り、医師はまた毒と水を与えた。その人はそれを二十回以上も反復した末に、あいつが本当に単純な生物だったということ、自分はいまだに怯えてしまうし、死んだ後でも恐れおののき、この苦しみにはなかなか勝てないが、部屋にいるゴキブリを一匹殺すと柱の後ろからまた現れてまた殺されたりするけれども、キム・サニもそんなふうにして生き残ってきた存在そのものなんだという事実を受け入れることができた。考えてみればもう死んでいる自分が、もう死んでいるキム・サニは怪物で、卑怯で幼稚で何の考えもない者で、単に生きているだけの生物で、もう死んでいるけど、私には死後も彼を苦しめ、彼に死の苦痛をくり返し味あわせることができたんだと気づいたわけで、それを何といったらいいんだろう。私は初めて心が軽くなったが、でも一方で、もう死んでいる私がもう死んでいる者を殺すことで得られる爽快感を望ましい方向に使いたいなら、もしくはその全体をちゃんと理解したいなら、まだ死んでいない者たちを殺してみなくてはという点に思い至った。医師はちょっとわくわくするような気分になり、一方では強い疑問も湧いたが、その疑問自体が熱望に基づいていた。そして死んだ医師は毒物を財布に入れ、髪を直して、白衣を着たまま人波の中に混じっていった。

ナイフで刺した女たちのうち一人は、本人も知らなかった自分の本性を発見した。彼は、今の状態で生きていたなら自分とキム・サニは別のやり方で衝突しただろうと思った。自分は自分が死ぬより先にキム・サニを殺しただろう、キム・サニのような男たちを何人も殺しただろうと考え、そうかな、違うかなとしばらく悩んでキム・サニをまた殺した。別の一人はキム・サニを何度も刺して、ほんと辛い、こんなこともう絶対できないと思い、どうやって殺せばいいかと悩んだ末ガソリンをかけて焼き殺すことにし、体に火がついて燃えるキム・サニを見ていると心が落ち着いてきた。自分でもこんな世界がありうるとは知らなかったけど、恨みや絶望を一緒に燃やすと、燃やそうと思う前にそのような感情のかすが燃え上がり、自分の存在が徐々に薄くなっていくのを感じた。煙に息が詰まり、咳が出て涙を流しながら、ああ、私の体が、私のすべてが薄くなって消えていってる、私は軽くなり、何でもないものになっていくけれど　私は溶け込んでいくのだ　私の見ているすべてのものの中に、と思いながら消えていった。女のロングヘアがマンガの登場人物みたいに糸のように細く散り、涙のしずくが輝き、体と心が散り散りになろうとも、私は死人を殺し、殺人者にはこんなことが待ち受けているとみんなに教えてあげたのだ、だから心も軽く消えていきます、とその女はマンガの絵のような細い線になって消えていった。

私はどうしてこういうことを知ったのか？　何だか頭のおかしい人間に会ったためだ。乙支路《ウルチロ》入口《イック》駅にいるホームレスの中でいちばん身ぎれいに見えるチョハンは私の小さいころからの友達で、私は、二号線の最終電車がそこまでしか行かなかったので乙支路入口で降り、ああ二号線から追い出された、何で十二時にもなってないのに私を追い出すんだという気持ちでバスにでも乗るかと思いながら駅の出口を出るところだったのだが、ホームレスだということはわかるけど何となくこざっぱりして若いなあという感じの人が見え、振り返ってまさかと思う間もなく彼が先に私の名前を呼んだ。

何？

何って何。

何でこんなことしてるの？

悪いけどこっちだって君が何でこんなことをしてるのかわかんないんだけどね、君、それ、説明できる？　僕を説得して、理解させられる？　すごく正確にだよ？

できるよそんなの。地下鉄がなくなったからバスに乗ろうとして上ってきたんだよ。

自分はそのへんの頭のおかしい連中なんかとは縁がないと思っている人たちも、生きていれば、あいつ頭おかしいなと思うような人々に道で会うようなことが起きてしまうものだし、特にソウルでは誰もが何やかんやで頭の変な人たちを頭の中にため込み、また頭の変なある人に二度めにまた会ったときには、ああ、あのときのあいつみたいなやつだなと思ったりするのだ。または、あのときのあいつみたいなやつと思う前にもう顔に唾を吐きかけられたり殴られたり罵倒されたりするのだ。チョハンは攻撃性は低いがしつこくて、陽が上った、陽がこれこれこういう角度で上った、それはこのような軸を中心に回転しており、そのとき放つ光は七色でその色のそれぞれの意味はこれこれだ、といったことを声に出して言ったりするような頭のおかしさだと、一度話せばすぐに判断がつくようなタイプだった。しかし幸い攻撃性が低いことがわかっているので、実際には、危険だ、逃げろ！　という判断を下す私自身も三十パーセントぐらいはいたのだが、半分以上の私はあれー、幼なじみのチョハンがどうしてあんなことしてんのかな？　高校まではああじゃなかったのにという好奇心と懐かしさから、何してんの、家ないの？　みたいなことを聞いて探りを入れたのだった。チョハンは通りすがりに私を見つけて思わず声かけちゃったと言い、照れくさそうな表情だった。最初話したときの、ぼーっとしていながらも執拗な目つきは消え、次第に穏やかな表情になっていった。

それでどこ行くの？　駅で寝るの？

私はチョハンが小わきに抱えている長い段ボール箱を見ながら言った。チョハンはそうだと言い、何か言いかけてやめ、また何か言いかけてやめた。私は、チョハンがお金を貸してくれと言ったら貸してやらなきゃいけないのかな、一時の好奇心のせいで十万ウォンぐらい飛んでいっちゃうのかな、現金は十万ウォンもあったっけ、なかったらおろしてこいって言われるんだよね？五万ウォン程度ならいいかもしれないけど、いやいや五万ウォンとか十万ウォンとかそんな程度じゃなくて、あるだけ全部おろしてこいって言うかもしれない。私はぐずぐずしているチョハンの肩越しに向こうを見て、なぜかその瞬間、全身がぴーんと緊張した。誰かに襲撃されるかもしれないと思った。しかしチョハンを見張っている人はいなくて、遠くで地下鉄の職員が終電は出ましたよーと言っている声が聞こえ、チョハンの目には攻撃性はなく、何かしようとするわけでもなく、あのさ……あのさ……と言っていた。

君さ、時間ある?
今?
うん。
でもさ……ずいぶん、遅いじゃん。

チョハンはじゃあ、ちょっとこっち来て、ちょっとでいいからと言いながら私の腕を引っ張って目の前の出口へ向かい、私は手に携帯をぎゅっと握りしめ、タッチするとすぐに通報できるアプリを起動するタイミングを見計らっていた。チョハンは私の手を引っ張ってはいたが、力を入れてもいなかったし、私も振り払える状況だったが、そうはいってもチョハンはホームレスなんだからというのがなぜか私をずっと怯えさせていて、それは夜中の街だし、チョハンはよく知っている男性とはいえない人だったからだ。ホームレス、ホームレスね、大学生のときも、お金がなくて道で寝たと自慢みたいに言ってた連中がいたことはいた。お金がなくなってヨーロッパで野宿したんだよとか。公園で寝たことあるよとか。外に出るとバス停の周辺には人が四、五人集まっていて、後ろにはもう明かりを消した銀行のビルがあった。チョハンは歩く速度を落とし、両手で私の頭を押さえて角度を調節し、下によくないものがあるからまともに見たりしないで、そこに何かあるのかなーぐらいの気持ちで見るだけにしてと言った。それから、だめだ、だめだ、見ちゃだめだと言ってまた私の目をふさいだ。私はちょっと何すんのと言ってチョハンの手をどけたが、そんなふうにして銀行のドアの前にきちんと置かれたキム・サニのばらばら死体を見ることになった。キム・サニの死体と銀行の前という場面そのものはすごく映画みたいで、私は叫びも吐きもせず、ただ足の力が抜けてビルの前の階段に座り込んでしまった。チョハンはうっすらと汗の匂いをさせながら、ごめん、ごめんと私に謝った。どんなふうに話を切り出したらいいかわからなかったと言い、そのとき本当に頭のおかしいやつだと思った。

チョハンが街をさまよいだしたのは、もう死んでいる女たちがもう死んでいるキム・サニを殺す様子を偶然に見たことから始まる。チョハンは初めは携帯で写真を撮ろうとしたが、常識的にいって死んだ人たちはやはり写真に写らず、でも何なんだこれ、いったい何だよと思い、その正体は何なのかよく考えてみなきゃと彼なりに思って、小さなノートに自分の見たものを書いていくことにした。私はまた、ホームレスだの、野宿だのといってもチョハンは私の知り合いだから、またはまだそれほど汚くもないし、臭いもしていないから、または、ときどきは家に帰ってちゃんと入浴して寝ているから、帰るところがあるから、つまり目的があってちょっと外で路上生活をしているのであって、本当に追い出されたり追い払われて道で寝てるんじゃないので彼を単にホームレスと呼ぶことができなかったのだが、それはまともな考えだろうか。そういう考えが一筋伸びていき、またもう一本としては、目の前の死体について、もう死んでいる人がまた死んだというのだが、詳しく見ていないから、もう死んでいる人がまた死んだ死体を本当の死体とどう

――といっても本当の死体も見たことがないし、しかもばらばら死体だしね、とにかく知らない死体をどう見分けたらいいのかわからなくて、この死体を殺したのがまさにこの人の手で殺された女たちだという話、そしてその殺害はあと何日か続くだろうという話、これをどう受け入れるべきかという考えが一筋伸びていた。だが、二筋めのはどういうふうにも考えたり判断したりできるようなものではなく、だけど目の前でこの話をゆっくり話しているチョハンは私の知っている人だし、何言ってんのと言って押しのけて逃げようかな？　でも、声もだんだんちゃんとしてきて、落ち着いた言葉遣いで私の表情を見ながら話している人。真っ暗な夜の中で、あなたはそんなにホームレスっぽくはなかったし、私がまた野宿者だのホームレスだのと言ったらちょっと違って聞こえるよね、考えてみたら自分にとって本当に危険なわけではないんじゃないかと思って何とか元気を出してチョハンの話を聞きながら、とにかく、とにかく、想像つくだろうけど、今はどう受け止めるべきかわからないから明日また会おうと言って話をしめくくった。私はまだ街をさまよいたくなかったし、たとえどんな残酷な光景を見たとしても、この先もチョハンみたいにうろつき回りたくはなかった。たぶん死人が死人を助けているところだったら、それを見るために何日かさまよい歩くことがあってもいいかもしれない。もう死んでいる者たちが言ったこと、そんなものが全部残っているわけはないだろうけど、どこか草葉の陰にでも残っていることはあるんじゃないかと思った。そうやって残ったものは、後から来る人たち、それを見れば理解できる人たちを励ますだろうし、他の道を歩けるようにしてやるだろう。私はそういうことが誰かを救うこともありうるという、そんな信念を持っていた。時間と関係なく誰か、後からやってくる遠い未来の人々や先に行った遠い過去の人々との間に、受け取ったり伝えたりすることのできるものがあり、それは本当に目に見え、手で触れることのできるものとして生きているんだ。もう死んでいる者の心が誰かを救うことができるとしたら、そういうものを見るためなら、街をさまよい歩くこともできるかもしれなかった。いや、できるだろう。

タクシーをつかまえてからも、運転手がもう死んでいる者だったら、もう死んでいるけど何かたくらんでいる者だったらどうしようと思うと息が苦しく、何でもいいから他のことを考えようとして携帯をいじり、メールを確認し、ショッピングサイトで服を見たり、現在位置を何度も確認したりして絶えず手を動かしていた。だけど運転手が死人だった場合だけが問題なわけじゃなくて、大部分のケースは生きた人間で、生きた特定の人である場合に問題になるわけだよね。でもチョハンが直前まで、死人たちがどんなふうに動くかという話をしていたせいか、そんなふうにしか考えられなかった。もう死んでいる運転手が運転するタクシーに乗ったのだったらどうしよう。運転手は何も言わず静かに、黙々と運転して私を家の近所まで連れていってくれた。その方は単に無口な、みごとな運転技術を持つ運転手だった。家で入浴して目をつぶって横になっていても、だけどチョハンは若干頭が変みたいだ、やっぱりおかしいと思い、また他の場面、リュックに殺人の道具を入れてキム・サニの背中を踏む女たち、銀杏を踏んだり、石を蹴ったり、足で缶を踏んづけたり、コンビニでコーヒーとチョコレートを買って食べたりしながらキム・サニを追いかける女たちの姿がまるで見ているように思い浮かんだ。とにかく明日、明るい時間にチョハンに会って、彼が書いたノートを見ることにした。私はキム・サニという者のばらばら死体を思い出そうとして、意外と暗かったせいかその形はよく見分けがつかず、しかしやっぱり奇妙な雰囲気を放っていたことを思い出した。だが本当に怖かったのは何も起きなかったタクシーの車内と夜の街の方で、私はそのことが怖かった。タクシーの中で激しく息をしていたことを思い出した。しばらくベッドの上で息を大きく吐いた。その日は寝つきが悪かった。けれども夜、何も考えずに眠れることの方がむしろ珍しかった。程度の差はあったが、私にはふだんいつも、軽いか普通か重い恐怖があった。

朝起きてからは、昨日の夜のことが異様に感じられもしたが、私に起きたすごく大きな幸運だったんじゃないか、実は私は危険に瀕していたのにぎりぎり無事に家に帰ってこられたんじゃないか、私が危険だと感じたのはチョハンが私の腕を引っ張って静かなところへ行こうとしたため、とりあえず彼がホームレスだったため、夜だったため、そして私が一人でタクシーに乗って家に帰ってきたため。チョハンに始まったことだがチョハンのせいだけではなかった。彼がどういう人だからかではなく、夜で、暗いところだったからだ。チョハンに会いに行く途中、そんなことやめときなさい、何のために出かけるんだと頭の中で私の友達1、私の友達2、母さん、父さん、会社の同僚がうごめきはじめ、私は体がぽんと宙に浮き、会社で同僚たちが、えー、○○さんってそんなところに出かけたりするからあんなことになったんじゃないのと心配半分、好奇心半分で話している会話が見えた。私に起きることではなく、私をめぐってあだこうだと話される言葉をだ。そういう言葉はいつも目の中にふわふわ浮かんで漂っているみたいに、手を伸ばせばすぐ、めくれた紙を伸ばして読めそうなほど、私にははっきりと見えた。宙に浮いた体をゆっくり地面におろし、したくをして出かけた。女たちがキム・サニを殺したことは、歩き回っている人たちの間では話題になるようなことだろうか？　精神をどこかへぽんと浮かせることのできる者たちにとっては。私にはまだそんなことはできないが、チョハンもぼんやりして、道を歩きながら全精神が浮かび上がってしまうようなことをしてたので、それを見ることができたのだろう。でなければこれはよくある、当たり前のことなんだろうか？　あなたを振り回すのは決してこれが最後ではないんですよ　あなたは二十回に二十回をかけたくらいの回数殺されることになりそれはあなたがやったことに比べたら羽毛ほどにも軽い罰だ　ということは、浮かんでいる者たちにとっては当然の常識みたいなものなんだろうか？　どういうのかわからないが、路地の突き当たりのどこかで、空き地で、空きビルで殺された者たちが力を合わせて生前に自分を殺した者を殺す光景が展開されることを頭に置いて道を歩いていくと、全身の神経が鋭敏になり、風の音や遠くから聞こえる声、空気の匂いといったものに対して、体に糸をかけられて少しずつ引っ張られるみたいに、神経がぴーんと反応するようになった。だが一方にはチョハンみたいな者がいる。三星生命ビルの前の花壇に座って自分が見た殺害場面を詳しく書く人、光化門の教保《キョボ》ビルの前で白衣を着て人波に混ざっていく医師を追いかける人、そんな人は危険だと思いながら、なぜ私は一瞬安らかな温かさを感じるのか、鋭敏になった神経はそこに平安があることを一瞬で見抜き、自然と楽になり、鎮まっていった。

チョハンは約束の場所に来なかった。私は時間ができるたびに乙支路周辺を歩き回るようになった。今も私に家はあり、家で寝ている。まだ家でシャワーを浴び、会社に出勤し、ときどき光化門で友達とごはんを食べ、でも帰るときには鐘閣《チョンガク》駅までゆっくりと、すっかり緊張し、周囲に注意しながら道を歩き、乙支路の方へ方向を変えて暗い路地と明るい立て看板の電球を立ったまま黙って見ながら、私と一緒にチョハンがここに立っていることを考えながら、灯っていた看板の電気が消えるまで立っていて家に帰ったりしていた。ロッテデパートを地下から見物して乙支路地下商店街に降りてサンドイッチを食べ、コーヒーを飲み、十一時過ぎるとゆっくり集まる人たちの顔をすれ違いざまに確認して家に帰った。チョハンにまた会ったのは二か月ぐらい経ったある週末だった。教保文庫*で立ち止まって本を見ているときに、あのさー、と誰かが用心深く体を私の方へ傾けてきた。

* 韓国の大型書店チェーン。

あなた何で約束守らなかったの？

うん、そんなことあったね。

私、あれ、夢だったかと思った。でも夢じゃないってわかってはいたけど。


チョハンはすまなそうな表情でずっと謝っていた。以前は自由に外で寝て、必要があればそっと家に帰ったりはしていて、家の人たちはそれを気にしてもいないと思っていたが、私と会うはずだった日に彼らが何もかも準備していたようにチョハンをつかまえて病院に行き、薬を飲ませ、肉を食べさせ、チョハンは遠い江原道《カンウォンド》に住む親戚の家に一か月間行っていなくてはならなかったという。


そうか、そんな事情があったんだね。

羊の世話もしたし、そこんちで飼ってる犬が五匹もいるんだけど毎日散歩させてた。

何で羊？

そこんちが羊の牧場やってるもんだから。

チョハンを連れてどこに行けばいいか考えた。私だってあなたの腕を引っ張ることはできる。

あなたは私が怖くないだろうけど。チョハンの腕をつかんで地上に出てきょろきょろし、道を渡ったところのピザとパスタの店に行った。ピザと飲み物を頼み、チョハンにはホームレスだったときも今も大きな変化はなかった。髪がちょっと伸び、汗の匂いはしなかった。チョハンは、キム・サニがその後何度死ななければならなかったか、直接見ることはできなかったと言った。人が死ぬ場面を何度も見たりして、あなたは精神状態、大丈夫なのかな？

そんなの見ても大丈夫？

大丈夫じゃないけど、それって別に、選べるわけじゃなくて、ほとんどは目の前で起きちゃうからさ。

チョハンはピザを食べ終わると、この前見せてくれることにしていたノートを取り出した。いつかは私に見せてやろうと思っていつも持ち歩いていたという。私たちは最後の死を知ることになるだろう、もう死んでいる十二人の女たちがもうすぐ一堂に会して、同時にキム・サニを殺すだろうとチョハンは言った。それは選べることじゃなくて、私の目の前でも起きうるのだろうか、そんなこと決められても私は断るよ。チョハンは私にはそんなことは起きないだろうと保証した。

あなたももう街をうろうろしないようになったんだから、あなたにもそんなことは起きないよ。

そうだね、僕もそんな気がするんだ。

今日、あなたを見たらはっきりわかった。

僕はそういうの見ることになっても仕方ないと思うけど、君がそう言ってくれると何か嬉しい。


私たちはおなかがいっぱいになってレストランを出てちょっと歩いた。昨夜降った雨でイチョウの葉が落ちて、道が美しかった。チョハンはあと何回か病院に行き、それからまた江原道に行かなくちゃならないと言った。チョハンの頬に手を当ててから離した。私はチョハンの腕をつかんで、今すぐ私を抱きしめて君はそんなものを見ないって何度も言ってよと言い、腕の力のないチョハンが両足を曲げて私の足に寄りかかり、私の足を支えにして力を出しきるまで待った。チョハンは私の髪の毛に鼻をこすりつけ、髪の毛を撫でながら、君はそんなものは一つも見ない、君にはそんなことは起きないよと言い、私の右腕はチョハンの脇の間でぶらぶらし、残りの左腕でチョハンの肩をつかみ、うん、起きないよね　私はそんなものは見ない　私にはそんなことは起きない　私は一生そんなことは知らず、私は平和な人生を生きるんだ　私の時間は静かで思いやりにあふれてて安全なんだ　誰よりも安全なんだ　あなたも元気でねと言い、チョハンの服に唾がいっぱい飛んだ。私たちは二人とも力を抜くとすっかり泣いてしまい、また軽くハグして、指で鼻を拭いてやって、別れた。

家でチョハンのノートを暇ができたときに少しずつ読んだが、こんなことが書いてあった。なぜかチョハンは医師に強い関心を持っていたらしく、普通、他の死は、チョハンが通りすがりにふとした偶然で見てしまったという感じだったが、医師の場合はチョハンがつきまとってその人が何をするか観察し、記録したものが多かった。医師がやったことの中でいちばん最近のでは、医師がキム・サニをまた見つけ出して、キム・サニの手にナイフを持たせてやり、笑いながら、殺せと言っていた。またはキム・サニが見ている前で自分がナイフで自分の内腿を刺したりして、もちろんそれで苦しむのだが、相手をにらみつけながら苦しむ様子を見せつけ、傷が癒えると黙って座って服を脱ぎ、薬を飲んだりした。キム・サニは一日も耐えられず、吐きながら飛び出していった。キム・サニは女たちが自分の目の前で自発的に死んだり、または殺されるときもそれを全く怖がらないことにものすごく怖がり、恥じた。外で待っていた他の女たちがそれを見ていたのだが、笑う人たちもいれば泣く人たちもいた。笑っている人たちも目に涙をため、おなかをかかえてけらけら笑っていた。私はこういうのを、しんどいのでちょっとだけ読み、また洋服ダンスの下のところに隠しておいて、二週間ぐらい経ったらまた開いてちょっぴり読み、また引き出しの奥に入れておくということをやっていた。そしてわかったのは、私たちが道で見るものたちは実はどんな方法によるものであれ、精神がぽんと浮かんだ者たちのなり変わった姿だという事実だ。イチョウの葉をかき集めて入れておく米袋は、私みたいな者たちがそれにバウンドして体をボンと宙に浮かせて、イチョウの葉っぱがきれいだね、触ってみたいな木の上で、などと言ったりするたびに集まったものなのだ。路上のすべてのもの、今や珍しい郵便ポストと公衆電話、区立や市立の図書館の図書返却箱とベンチ、ゴミ箱、街灯と街路樹、フィットネスジムの勧誘のチラシ、レストランのチラシ、エホバの証人のチラシといったものたちのことだ。

ある夜、私は机の前に座り、私が見た死について、とにかくそれが忘れられてはいけないという思いから、手帳に書きとめはじめました。それは習慣になり、私はその手帳をいつも身につけるようになりました。私はボールペンにゴム紐をつけて手帳とつなぎました。私はボールペンがついた手帳をいつも持ち歩きました。白衣を着た医師はキム・サニを何度も毒殺した後、キム・サニを縛り上げ、自ら正面を凝視したまま、ときには微笑を浮かべて死ぬ自分自身を見せました。その女は服を脱いで、何とも思っていないように室内を歩き回ったりもしました。キム・サニは嘔吐し、逃げ、泣き、逃げ、小便をもらし、転げ回りましたが、毎回、外にいる他の女たちにつかまって、医師が自分自身を堂々と殺す様子を見なくてはなりませんでした。もう死んでいる十二人の女たちは力を合わせ、キム・サニの前で何でもない顔をして、私はおまえをいくらでも殺すことができるという表情で、もちろん実際にも何度も殺したわけですからね、自分を刺し、そしてキム・サニも刺し、そんなふうにすべてを自分たちの手でやりました。もう死んでいるキム・サニはもう生き返らず、もう死んでいる十二人の女たちの間で一かけの肉片も残さずに消えました。けれどもキム・サニみたいな者たち、キム・サニみたいなかけらたちや部分たちはソウルで相変わらず元気に生きているということを、もう死んでいる女たちはよく知っていました。もう死んでいる十二人の女たちはまた服を着て表情を整えて、それぞれの道に向かっていきました。

ときどき道を歩いていると、こちらへ←と書かれたペンキの文字を見るが、そちらへ行くと路地の突き当たりだったり、マンホールだったり、でなければ椅子が一つ置いてあったりした。チョハンが手帳に書いた文たちは、体をポンと浮かせてそういうものになったという気がした。道端のすべての音を自分の前でくり広げられるものとして受け止めていたチョハンとは以後会えなかったが、なぜか道を歩いていると、市庁から光化門、鐘閣から明洞まで乙支路の小さな路地を歩いてみると、「修理します」というような看板……何を？　なぜ？　という疑問が浮かぶ看板があるけど、そんな看板になっていたんじゃないかなチョハンは、と思ったりする。もちろん彼を最後に見たとき、彼は病院に入院していて、退院したらまた江原道の親戚の家に行くと言ったけど。しかし毎日毎日もう死んでいる女たちについて歩いていたチョハンは、もう道端の何かになったに違いない。彼が書いた手帳の中の文章も、私の引き出しのすみっこに私の下着類と一緒にきれいにしまってあるが、あの文章は全部、正体不明の宗教のチラシになって、こちらへ←みたいなペンキの文字になって、十二年ぐらい延滞したあげく投げ込まれる図書館の本になって、その本を飲み込む黄色い返却箱になって、いや、なった、だろう。私にはよくわかる。チョハンがどうなったか、チョハンの言葉と文章がどうなったか、チョハンが道端にポンと浮かべた精神や霊魂がどうなったのか、それらがどのようにして目に見える、道端を転げ回るものになったのか。私はまたそのこともよく知っている。もう死んでいる十二人の女たち、その女たちだけは完全に死なず、キム・サニを完全に殺し、キム・サニのような者にまた会ったらその者も完全に殺してしまうだろうということをだ。そういうものを何というべきか。そういうものは軽く体をポンと浮かべてイチョウの葉っぱの山になることはできず、いまだに、もう死んでいる者として存在していると思う。もちろんこれは私の考えでもあるが、全面的にチョハンの考えでもある。私が彼の手帳の中の話を整理して受け入れたものといえる。そして私は道を歩くときにときどき、もう死んでいる女たちが自分を殺した者たちを探して走り回っているのをある瞬間、はっきりと感じずにいられない。あるときにふとしばらくやってくる、体がこわばる緊張感のようなものの中でだ。それでは生きている女たちから、つまり私自身から私は何を感じるか？　道を歩いていて、ということだよ。生きている女たちに私は何を感じるか。それはいくらでも言えるけれども、まずは口を開く前に私の体をポンと宙に浮かせて、道端のいろいろなものを作ろうとしてやってみる。それは全く予期できない形で、道端に突然見たこともない白い鳩が出没するのと同じような形で、意志も意図も全く反映されていない形で現れるのだが。生きている者たちは、生きている者たちともう死んでいる者たちの両方にじかに視線を送らなくてはならないことを知っているだけで、どんな形であれそれをちゃんと作ることはできなかったのだが。それは生きている者たちの方が何かが上手だったからというよりは、死んでいる者たちもやはり、死んでいる者たちと生きている者たちの両方に、全員に、じかに視線を注いでいるからで、彼らはそっちの方が上手だからだ。

そうして私はむやみと道を歩くことになり、道に何があるかな、何かがちょっと落ちているようなふりをして立っていないかな、どんな形か、どんなふうに生きてるかなと手帳に書きとめるようになった。手帳とペンはいつもポケットにあり、私はそれを忘れてしまうかもとペンに紐をつけて手帳とつないだ。私はボールペンのついた手帳をいつも身につけ、ある瞬間に目に見えるものたちを書きとめていくようになった。チョン・ミョンハンが胃がんで死んだ後、もう死んでいる三人の女たちが彼をまた殺しはじめたのは先月のことだった。チョン・ミョンハンはもう死んでいる三人の女たちに少なくとも三回、苦しい方法で殺されなければならなかった。だが、彼は胃がんで死んだのか？　私は彼が死ぬ前に、もう死んでいる女たちに殺された可能性について聞いたことがある。どんなに文をいっぱい書いても手帳はいつもポケットにあり、手帳にはゴム紐でボールペンがゆわえてあった。私はそれをいつも身につけて歩いた。相変わらず道端には変なものたちがあふれ返り、昨日は人影も稀な路地に、家一軒、店一つない通りに置かれたソウル市と書かれたゴミ箱を見た。ゴミ箱にはゴミが三分の一ぐらい入っていた。ゴミ箱をしばらく眺めた後、私は身を翻して人の多い街路へと向かっていった。

解説

パク・ソルメは二〇〇九年のデビュー以来、常に際立った注目を浴びてきた作家だ。「個性的」「独創的」「前衛的」「果敢」といった言葉がこの人にはつきもののようである。だが、著者自身はこれらの言葉とは関係なく、淡々と自分のスタイルで書き続けてきたように思える。

本書『もう死んでいる十二人の女たちと』は、今までに韓国で出版された四冊の短篇集から作品を集めた日本版オリジナル編集である。作品の選定と構成については著者と十分に協議を重ね、パク・ソルメの約十年の軌跡と重要なテーマが一望できることを主眼とした。

パク・ソルメは一九八五年光州生まれ。韓国芸術総合学校の芸術経営科を卒業し、二〇〇九年に長篇小説『ウル』が第一回「子音と母音」新人文学賞を受賞してデビューした。

『ウル』は、異国のとあるホテルに長期滞在する五人の若者（「ウル」はその中心人物の名前）の物語だった。これといった目標や方向性もなく異国で漂うその姿は、上の世代からは「国籍、人種、性別に拘泥しないノマド的な人間像」と受け止められ、「二十一世紀の新人類の文学」と評された。文学賞の選考委員からは「文字通り完全に新しい、見たことのない小説」「稀に見る自分だけのはっきりした文体を備えた秀作」といった賛辞が贈られている。

『ウル』には、入念にコントロールされた（しかし無造作にも見える）文章の中から実感に満ちた一行がときおりほとばしるという著者のスタイルが十分に現れていた。この小説をパク・ソルメは旅行中に書いたそうだが、それもまた象徴的だと思う。パク・ソルメの作品は基本的に歩く小説、旅する物語、移動しながら考えるテキストだからだ。

また、パク・ソルメについて韓国でしばしば言及されてきたのが、実在する社会問題への個性的なアプローチだ。本書の中でも光州事件（韓国での正式名称は「五・一八光州民主化運動」）、福島第一原子力発電所の事故、女性が被害者となった殺人事件などがモチーフになっている。著者はそれらと独特の距離感を保ちながら語り進めるが、その様子を文芸評論家のホ・ユンジンは「事件の意味に狙いを定めるというより、まるで映画のカットを編集するような映像的に流れていく文章」と評した。この新しさは単に文体の問題ではなく、パク・ソルメの世界のとらえ方そのものによるのだと思う。

以下、個々の作品について見ていきたい。

そのとき俺が何て言ったか

著者はこの作品について「恐怖映画のオープニングのようなものを書いてみたかった」と言っている。なるほど、ここには暴力の導入部と経過だけが提示され、結末は省略されているようだ。また、黒い服の男（カラオケ店のオーナー）については「一生けんめい」の価値を無根拠に信じていること以外に情報がなく、なぜ暴力を振るうのかが全く了解不能である。

だがそもそも、暴力を振るわれた側は、もしその動機が理解できたら納得するのだろうか？　そう思うと、暴力の唐突さ、予想のつかなさ、不可解なものは不可解なままで順応しようとするチュミの振る舞いの一つ一つが、今までに見たことのないようなリアルさで迫ってくる。

実はこの作品には、対をなす短篇「やらない」がある。そこには、同じカラオケ店で同じ男に脅された別の高校生たちが脱出に成功した場合が描かれる。彼らは了解不能なものを了解せず、「一生けんめい」への強い反発を表し、これからも、何も一生けんめいには「やらない」と自らに念を押すところで終わる。なお、二〇ページでチュミが歌う歌は、チョ・ヨンソク作詞作曲でミソニが歌った『Shalom』。宗教的な歌詞と状況の対応がすさまじい。

海満《ヘマン》

「海満」はパク・ソルメの小説にたびたび登場する架空の島である（なお「海満」という漢字は、著者の了解を得て訳者が用いた当て字）。「首都」という名前でぼかされたソウルと海満との間で、潮が満ち引きするように移動する人々を描く。

パク・ソルメの小説に出てくる若者たちはしばしば、「無気力」と評されたりするが、この浮遊感と切実さはそんな決めつけを越えて読む人に迫ってくる。厳しい受験戦争をくぐり抜け、スキルアップに励んでも結局は膨大な非正規雇用者の群に飲み込まれる、グローバリズムの中で進んだ韓国の格差社会化に直面している人々だ。皆がすれ違い、何も残らないが、それでも時間をともにした人の話を主人公は真剣に聞き、記憶にとどめようとする。

なお、三七ページに出てくる「原キリスト教庭」は実在せず、新興宗教らしい名称として著者が考えたものとのこと。

じゃあ、何を歌うんだ

韓国現代史の中であまりにも大きな意味を持つ一九八〇年の光州事件をテーマとした作品で、パク・ソルメにしかできなかった独自のアプローチが際立つ、重要な小説である。

一九八〇年五月十八日から二十七日にかけて、全羅南道光州《チョルラナムドクァンジュ》で、民主化を求める学生と市民の蜂起を軍部が武力で鎮圧し、多くの人が犠牲となった。この出来事は五・一八《オーイルパル》と呼びならわされ、韓国の現在の民主主義の礎をなす存在として聖域化された。しかしそれに反発する人々が絶えたこともなく、このできごとに北朝鮮が関与していたという説も根強く残っている。そして、市民への無差別発砲を命じた責任は誰にあるのか（全斗煥《チョンドゥファン》元大統領の命令責任）をめぐる尖鋭な論争を含め、真相究明は現在も続行中だ。

このように光州は過去ではなく、単に記念されるべき歴史でもなく、常にそのときどきの政治的文脈の中で生きている。「じゃあ、何を歌うんだ」もまた、これが書かれた二〇一一年ごろの政治的文脈に呼応しているが、それを超えて「歴史を伝えるとはどういうことか」という問題を対象化した力作だ。

タイトルからわかるように、この小説は歌をめぐる物語である。七五ページの注にも記した『あなたのための行進曲』がそれだ。「愛も名誉も名前も残さず　一生進むと熱く誓った　同志は去って旗のみが翻る……」と始まる闘争歌で、民主化運動の象徴だが、一方ではどうしてもこの歌を受け入れられない人々も多く、光州事件三十周年を迎えた李明博《イミョンバク》政権下の二〇一〇年は、その攻防戦のただ中にあった。式典での参加者全員による斉唱を取りやめ、合唱団が歌い、参加者のうち歌いたい人だけがそれに合わせて歌う形式とされたわけだが、この形式は朴槿恵《パククネ》政権にも引き継がれ、現在はまた式典で斉唱されるようになっている。歌をめぐるそんな動きがあること自体、韓国において光州事件の記憶の仕方がいかにセンシティブな問題かを物語っている。

重要なのは、かつては光州事件自体がタブーとされ、厳重に隠されてきたという事実だ。一九八〇年の韓国は厳しい報道管制下にあったため、学生運動や市民運動に携わった人々を除き、一般の人々が十分な情報に接したのは、八七年の民主化以後のことである。

例えば日本で、下山事件、六〇年安保闘争での樺美智子の死亡、あるいは地下鉄サリン事件といったできごとが秘密にされ、長い時間が経過した後に知らされたらどうだろうか。そのとき社会の構成員は、自分が抱いてきた国家像、社会像にどう向き合えばいいのだろう。韓国人はそういった経験を何度も積み重ねてきており、一つの歌に対する態度にも、こうした複雑な経験が反映されているのかもしれない。事件の五年後に光州に生まれたパク・ソルメの独自の目は、それらの蓄積の上に立って過去と現在を見晴らしている。

小さなバーで歌をめぐる対立が起き、マスターはそのすべてを無意味化しようとするかのように延々と食べ物の話をする。意味のなさそうなこととありそうなことがあまりに無造作に混在しているので、読者はとまどうかもしれない。だが著者は、「明確な意味を付与された光州」と、「何の意味化もされないままの光州」とを淡々と対置させ、その中間の透明な地点から歩き出そうとしている。

こうした態度は、例えば詩の扱いにも見て取れる。

光州事件以後の時代は、韓国文学において詩が非常に活況を呈した時期であった。厳しい検閲をかいくぐって、瞬発力のある詩の雑誌やムックが多数生まれてゲリラ的に役割を果たしていたのである。「五月哭《オウォルコク》」の作者金正煥《キムジョンファン》はその中でも特に旺盛な活動を見せた詩人だ。

また、「虐殺2」を書いた金南柱《キムナムジュ》は、光州事件当時には「南朝鮮民族解放戦線事件」のメンバーの一人として拘束され、獄中にいた。この事件は七九年に、同名の団体が国家転覆を企てたとして摘発されたもので、逮捕者八十人以上、スピード裁判の結果二人の死刑が執行されるという世を震撼させた大事件である（二〇〇六年に、歴史見直し政策の中で民主化運動の一環だったという認識が示された）。

当時ソウルにいた金正煥もそうだが、獄中にいた金南柱ももちろん光州事件を直接目撃したのではなく、「虐殺2」は八八年に出獄した後に書かれたものだ。そして金南柱は、出獄から六年経った九四年に病死してしまう。八五ページに「幻滅のとき」という言葉が出てくるが、八七年の民主化後は、特に民主化闘争のただ中にいた人々が、真に願った政治体制と現実との落差から空虚感を抱くことの多かった時代でもある。

いずれにせよ、この二つの詩は光州をとりまく情緒を代表すると言ってよいものだが、その詩を「私」は、ヘナと一緒に、目や声だけでなく指を使って読む。小さな行為だが、ここには、詩を、それが印刷された紙という「もの」の次元にまで還元し、身体で直接関わろうとするような具体性・身体性を感じる。主人公はこのように、五・一八の語られ方をしっかりと踏まえた上で「私の前には何枚ものカーテンがかかっていて、私にはその先へまっすぐに歩み出ることができない」という認識にたどりつく。この作業は、光州事件を直接知らない世代の率直なアプローチとして上の世代からも評価を受けた。

一方で、パク・ソルメ自身は、短篇集『じゃあ、何を歌うんだ』のあとがきで、光州事件の体験者が語ったという「パンをくれたのでパンを食べて嬉しかった」という言葉と、自分の母親の「みんなが道にわーっと出てきて見物していた」という言葉を紹介している（前者は、事件の際に商店主などがデモ参加者に食べものを配った様子を指すのだろう）。

これらの証言はいかようにも意味づけが可能だろうが、著者は逆に、何の粉飾も意味づけもされないいまのこれらの言葉をきわめて重視しており、「そこに座って、その先には行かず、じっとしていようと思った」と書いている。著者が求めたものは、「大団円の幕の手前、何らかの意義や守られるべき価値に到達する前の空間に立ち、その空間にとどまった状態で目に見えるものをまともに見ること」だった。

なお、「そのとき俺が何て言ったか」から「じゃあ、何を歌うんだ」までが収められた短篇集『じゃあ、何を歌うんだ』は、第二回キム・スンオク文学賞を受賞した。

私たちは毎日午後に

この作品から「冬のまなざし」までは、短篇集『冬のまなざし』に収録されたもので、いずれも福島第一原子力発電所の事故にインスパイアされた作品である。この事故は韓国にも大きなショックを与え、市民たちの原発リスクへの意識も高まったという。なお、文在寅《ムンジェイン》大統領は二〇一七年の就任時に「エネルギーシフト宣言」をして脱原発を明言したが、財界などからの反対も根強く、具体的な脱原発のロードマップには様々な困難が伴いそうである。

パク・ソルメもまたこの事故後、韓国の原発問題を改めて考えるようになり、韓国で最初に建てられた古里《コリ》原発をモチーフに小説を書いた。福島の事故の前後では日本が違うものになったような感覚が著者にはあったそうで、それが一〇三ページの日本料理店のくだりなどに現れている。

古里原発は釜山という韓国第二の大都市に接している。釜山という街もまたパク・ソルメの小説によく登場する土地で、著者自身釜山が大変好きだそうだ。その街と原発事故を結びつけて書くことを釜山の人々が不快に思わないか、当初は気になったそうである。この小説は、二〇一二年二月九日に古里原発の第一号機で全電源喪失事故が起きたが、そのことが翌三月十二日まで隠蔽されていた事件をモチーフとし、遠くと近くで起きた危機への距離感のせめぎあいを描いている。

暗い夜に向かってゆらゆらと

古里原発が大事故を起こし、多くの人が死んだり釜山を離れた後という設定になっているが、事故そのものの記述はない。次々におかしなことが起きるが、主人公は平常心で釜山の変化を記録していく。

過去からは「輝かしい未来」に見えていた「今」が、ついに到来してみるとこうでしかないという超現実性。それに比べたら、猫が釜山タワーになったり、道を歩くとめすライオンや鍋釜がついてくることはそれほど変ではないのかもしれない。そして、変なものたちと一緒に釜山タワーを目指すと、タワーはもうそこにない。共通の記憶というようなものは存在しないという認識からスタートして、繁栄について、未来について語り合わなくてはならない、ということなのかもしれない。

冬のまなざし

「暗い夜に向かってゆらゆらと」よりさらに時間が過ぎて、古里原発が大事故を起こした三年後という設定で書かれている。

「じゃあ、何を歌うんだ」は歌をめぐる物語だったが、こちらは映画と映画館をめぐる物語だ。主人公は生まれ故郷のK市の映画館を起点として歩きながら、同時に脳内でかつての釜山、かつての海雲台《ヘウンデ》を歩いている。映画館は記憶を貯蔵する場所であり、架空の土地と実在の土地がまじわる中継点でもある。

主人公が原発事故を撮った中途半端なドキュメンタリー作品にいらいらし、こんな映画が見たいと考えるシーンがあるが、ここにヒントを与えたのは映画監督の故・若松孝二だそうである。

二〇一二年の夏、若松監督は釜山国際映画祭で「今年のアジア人映画賞」を受賞し、記念講演を行ったが、その際に、最近続々と発表される福島第一原発の事故を扱った映画について、「東京電力について語らなければ、真に福島を語ったことにならない。自分は東京電力のしたことをつぶさに暴く映画を撮る」という趣旨のことを話し、パク・ソルメはそれを実際に聞いて強い印象を受けたという。その年の秋に若松監督は交通事故で亡くなり、原発映画への思いはパク・ソルメの小説に残ることになった。

この作品には、韓国の若者たちの生活と情緒が比較的具体的に現れている。事故後の修復作業や食品の宅配に従事するのは若い非正規労働者たちである。人々との微妙な距離感や、自虐に傾く手前でとどまる自意識のありよう、偶然に会った男との性愛に傾かないふれあいが印象的だ。主人公は最終的に海満《ヘマン》にたどりつき、そこで避難民たちと交流しながら暮らしている。そして「私が耐えていかねばならない屈辱感はいつも、私より大きい。けれども私はそれらすべてとともに、ずっと生き残るだろう」というつぶやきに至るのだが、意外な強靱な生命力をたたえたこの言葉は、パク・ソルメの文学の通奏低音であるように感じる。

なお、この作品は第四回文学と知性文学賞を受賞し高い評価を受けた。文芸評論家のカン・ドンホは「新しい世代の感受性の革命はまさにここ、廃墟の散策から始まる」と評している。

また、この作品は『すばる』二〇一六年三月号に拙訳によって掲載されたが、今回全面的に稿を改めた。

愛する犬

二〇一八年に刊行された『愛する犬』という短篇集の表題作。この短篇集は、難解だと言われることの多いパク・ソルメの別の面、すなわち優しくてかわいい小説を集めるという企画のもとに、著者の友人が営む一人出版社から刊行された。クラウドファンディングで資金を募り、コーヒー豆とセットで販売されたというから面白い。

犬になりたいと言ったのが誰なのかは結局わからず、子供時代の不思議に鮮明な記憶がいきなり現在の自分に接続してくる。「何であれ、口に出した言葉には何らかの力がある」という一行がこの物語の要だ。

著者から聞いたところでは、「クム」は珍しく実在の人物にインスピレーションを受けて造形された人物だという。それは書評家のクム・ジョンヨンという男性で、ちなみに『愛する犬』に解説を書いている。この人がいつもツイッターで、文章を書くのがいやだ、大変だとぼやいているので、ちょっと慰めてあげたいと思って書いた小説がこれなのだとか。もちろん、そのこととは別個に読んでも何の問題もない。

また、この作品は、高野文子のマンガ「奥村さんのお茄子」(『棒がいっぽん』〔マガジンハウス〕所収)に影響を受けていることを著者自身が本のあとがきで明らかにしている。「奥村さんのお茄子」は、奥村という男性のところへある日突然一人の女性が現れ、「一九六八年の六月六日のお昼に何を召し上がりましたか」と尋ねるところから始まり、この女性が未来から来たことがだんだんわかってくる。「愛する犬」が気に入った方には、「奥村さんのお茄子」もお勧めしたい。

もう死んでいる十二人の女たちと

フェミニズム色の濃い作品であり、同時に目撃者・記録者という存在を生き生きと描いた幻想文学でもある。

今回、試行錯誤の末に作品の並び順が決まった後になって、最初と最後の作品が二つとも女性への暴力の物語であったことに気づいて驚いた。また、「そのとき俺が何て言ったか」には描かれていない暴力のクライマックスが、「もう死んでいる十二人の女たちと」で具体的に展開されていること、しかもそれが復讐であり、死人をもう一度殺すという設定であることにはさらに感嘆した。

この小説を読んだ人は、韓国で二〇一六年五月に起きたミソジニー殺人事件「江南《カンナム》駅殺人事件」や、二〇一九年に真犯人が捕まった「華城《ファソン》連続女性殺人事件」などを思い出すかもしれない。本作は特定の事件を扱ったものではなく、殺人者の名前にもモデルはないが、今までに犯されてきた殺人の蓄積を一挙に可視化するようなスピード感に満ちている。

著者によれば、「これは私だけではないと思うが、例えば暗い道を歩いていて人が横を通るとき瞬間的に恐怖を感じることがよくある。そんなとき、『自分はその瞬間引き返して無事だった』とか、『ポケットに武器があって無事だった』などと自分が助かる物語を作って、安全さを確保しようとするようだ。この小説は、ちょっと違う方法で作った安心のための物語ではないかと思う」とのことだ。

舞台はソウル中心部の長い歴史を持つエリアだが、ここは急速な都市再開発の波に洗われている地域でもある。乙支路三街《ウルチロサムガ》近辺の路地には金属加工などの零細な工場が密集する地帯があり、二〇五ページに出てくる「修理します」という看板はそれを指す。また、「こちらへ←」という看板は、入口を示す表示に従って行くとそこが再開発で様変わりしている様子を表しているのだろう。このように激変する都市の中枢部で、忘れられていく殺人の記憶を拾い集めずにいられないチョハンから「私」へと、記録者の役割が手渡されていく。

なお、この作品では、女性を指す三人称として意識的に「彼」「彼ら」という言葉が用いられている。韓国語にも「彼」と「彼女」にあたる言葉があり、小説などでは「彼女」を用いるのが一般的だが、最近の韓国の女性作家の中には「彼女」という言葉を使わない人が増えてきている。パク・ソルメ自身はデビューのころから女性にも「彼」という言葉を使いたかったが、わかりづらいという理由で修正されてきた、だが最近になって同様に感じる作家が増えたようだと話している。また、「彼女」という呼称は恋愛の対象のように受け取れることがあるので、適切でないと感じるそうである。

韓国では新聞記事や評論文などでは女性を「彼」と表記するし、また韓国語には一人称や語尾の使い方における男女差があまりなく、ジェンダーニュートラルな傾向の強い言語といえる。今後、このような「彼」の用法はさらに広まっていくのではないかと思う。

以上、パク・ソルメの小説を読んでいて常に感じる魅力は、登場人物たちの一種不思議な実在感だ。それは「いるんだからいるんだ」という問答無用の存在感であり、作家がいて世界を作ったというよりも、あらかじめ世界はそこにあり、作家は映像技師のように、内心驚きつつ、おおむね淡々とそれをカメラに収めているような印象がある。

この印象は、パク・ソルメが「私が小説を書くときに重点的に考えているのは、人物の性格より背景、場所、場面」と語っていることと呼応するかもしれない。ある場面を思いつくと同時に人物も思いつくが、自分としては、それがどんな人であるかはわからなくてもいいようだとも著者は語っている。ここに、距離感そのものが主人公であるかのような、パク・ソルメだけの独創的な物語作りの土台があるのだろう。

二十一世紀の韓国で最もヴィヴィッドに「意識の流れ」を展開させているパク・ソルメ。今後どこまで歩いていくのか、本当に楽しみな作家である。

翻訳について言い添えておく。パク・ソルメの文体はかなり変わっていて、故意に崩された部分が多々ある。ただし、文芸評論家のカン・ドンホは、いわゆる実験的な文体とは全く異なり、驚くほど作為の痕跡がなく、中毒性のある文体といっており、訳者も全面的に同意する。

例を挙げれば主語と述語が対応しないなど構文にずれがあったり、助詞のすわりが悪かったり、いわば引っかかりがあるのだが、それでもどんどん流れていく文体で、固有のリズムもある。翻訳ではその引っかかりをできるだけ再現したいと思ったが、文脈を追えなくなってしまう危険もあり、すべてを再現することはあきらめた。しかし、意図的にぎこちなさを残した、容易に理解されることから身をかわすような文章の個性はまだまだ残っていると思う。

著者本人は、「文章を書いていて、整っているなと思ったとき『これは本当に自分がやろうとしていたことかな？』と自問して、少し違う方向に進めることはある。でも逆に、整った方向へ行きたいときもある。体が必要な食べものを自然と欲するように、食べものを選ぶみたいに書いていこうと思います」と語っている。前衛といわれながらも、作家のスタンスはこのように淡々としている。

現在、パク・ソルメの作品のうち日本語で読めるものとしては『小説版　韓国・フェミニズム・日本』（河出書房新社）に収められた「水泳する人」（拙訳）がある。もともと『文藝』（河出書房新社）の二〇一九年秋季号のために書き下ろされたもので、その後韓国で『私たちの人々』に収録された。

パク・ソルメの短篇は粒ぞろいで、本書に収められなかったものもすべて面白い。まだまだ重要な作品がたくさんあるので、今後書かれる短篇も含め、新たな短篇集を日本で読める日が来ることを願っている。さらに、朗読音源とセットで販売されたユニークな『インターナショナルの夜』をはじめ、中・長篇の紹介も待たれる。

また、日本に縁のある作品もかなり多く、一九六八年の連続射殺事件の犯人・永山則夫が出てくる作品、一九六〇年代に朝鮮民主主義人民共和国への「帰国運動」に参加するため息子を連れて新潟まで行ったが、帰国船に乗らずに戻ってきた李家美代子が出てくる作品、日本の演劇集団「風の旅団」の舞台に触発された作品などもある。いずれもユニークな視点であり、紹介が待たれる。

度重なる問い合わせに丁寧に答えてくださったパク・ソルメさん、担当してくださった白水社の杉本貴美代さん、堀田真さん、原稿をチェックしてくださった伊東順子さん、岸川秀実さん、パク・ソルメの作品の存在を教えてくださり、翻訳を勧めてくださった韓国のロシア語翻訳家、オ・グァンギさんに御礼申し上げる。

二〇二一年一月五日

斎藤真理子

出典一覧　※〔　〕内は初出

『じゃあ、何を歌うんだ』（子音と母音、二〇一四年、文学トンネより二〇二〇年改定版）より
「そのとき俺が何て言ったか」〔オンライン文芸誌「角」〕
「海満」〔『創作と批評』二〇一〇年冬号〕
「じゃあ、何を歌うんだ」〔『作家世界』二〇一一年秋号〕

『冬のまなざし』（文学と知性社、二〇一七年）より
「私たちは毎日午後に」〔『現代文学』二〇一二年八月号〕
「暗い夜に向かってゆらゆらと」〔『21世紀文学』二〇一四年春号〕
「冬のまなざし」〔『創作と批評』二〇一三年夏号〕

『愛する犬』（スイミングクル、二〇一八年）より
「愛する犬」

『私たちの人々』（チャンビ、二〇二一年）より
「もう死んでいる十二人の女たちと」〔『Axt』4号、二〇一六年〕

訳者略歴

翻訳家。パク・ミンギュ『カステラ』（共訳、クレイン）で第一回日本翻訳大賞を受賞。チョ・ナムジュ他『ヒョンナムオッパへ』（白水社）で〈韓国文学翻訳院〉翻訳大賞受賞。訳書は他に、パク・ミンギュ『ピンポン』、ハン・ガン『回復する人間』（以上、白水社）、チョ・セヒ『こびとが打ち上げた小さなボール』、イ・ラン『アヒル命名会議』（以上、河出書房新社）、チョン・ミョングァン『鯨』（晶文社）、チョン・セラン『フィフティ・ピープル』、ファン・ジョンウン『ディディの傘』（以上、亜紀書房）、チョ・ナムジュ『82年生まれ、キム・ジヨン』（筑摩書房）など。

〈エクス・リブリス〉
もう死んでいる十二人の女たちと

二〇二一年三月一日 第一刷発行
二〇二一年六月三〇日 第三刷発行

著者 パク・ソルメ
訳者© 斎《さい》藤《とう》真《ま》理《り》子《こ》
発行者 及川直志
印刷所 株式会社三陽社
発行所 株式会社白水社

東京都千代田区神田小川町三の二四
電話 営業部〇三（三二九一）七八一一
編集部〇三（三二九一）七八二一
振替 〇〇一九〇-五-三三二二八
郵便番号 一〇一-〇〇五二
www.hakusuisha.co.jp

乱丁・落丁本は、送料小社負担にてお取り替えいたします。

誠製本株式会社

ISBN978-4-560-09066-4

Printed in Japan

エクス・リブリス
EXLIBRIS

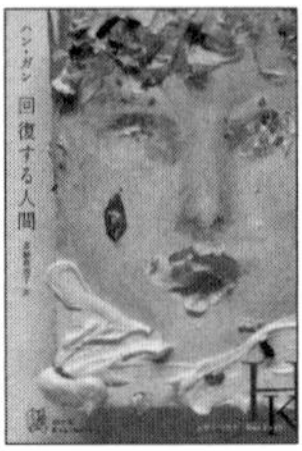

ピンポン

◆パク・ミンギュ　斎藤真理子 訳

世界に「あちゃー」された男子中学生「釘」と「モアイ」は卓球に熱中し、「卓球界」で人類存亡を賭けた試合に臨む。松田青子氏推薦！

回復する人間

◆ハン・ガン　斎藤真理子 訳

大切な人の死、自らを襲う病魔など、絶望の深淵で立ちすくむ人びと……心を苛むような生きづらさに、光明を見出せるのか？　ブッカー国際賞受賞作家による七つの物語。

モンスーン

◆ピョン・ヘヨン　姜信子 訳

李箱文学賞受賞「モンスーン」から最新作まで、都市生活者の現実に潜む謎と不条理、抑圧された生の姿を韓国の異才が鋭く捉えた九篇。

ヒョンナムオッパへ

韓国フェミニズム小説集

◆チョ・ナムジュ、チェ・ウニョンほか　斎藤真理子 訳

『82年生まれ、キム・ジヨン』の著者による表題作ほか、サスペンスやSFなど多彩に表現された七名の若手実力派女性作家の短篇集。〈韓国文学翻訳院〉翻訳大賞受賞。